GOBOOKS & SITAK GROUP©

GOBOOKS & SITAK GROUP ©

三日月書版

三日月書版

風花雪悅
illust BSM
III
無瞳之眼
瞳の無い目
The last cry for help
輕世代 BL051
三日月書版

無瞳之眼
瞳の無い目
The last cry for help

# CONTENTS

# THE LAST CRY FOR HELP

Character File 001

## 徐遙

**PROFILE**

十五歲父親意外亡故，跟隨母親移民美國，大學期間主攻犯罪心理學。

個性冷漠，但又常常幫忙李秩進行罪犯分析，有點外冷內熱。

神祕網路小說作家

「貝葉樹」

# THE LAST CRY FOR HELP

## Character File 002

# 李秩

**PROFILE**

富有正義感，對待工作非常認真，時常熬夜加班。
是「貝葉樹」的狂熱書迷，對徐遙有超越朋友的好感。

正直的
警察局副隊長

# 第五案　忒修斯之船（下）

# THE LAST CRY FOR HELP

翌日早上九點多，徐遙難得早起，來到了清如許舊書店。

「袁伯伯，我來了。」徐遙提著一籠眉豆糕跟豆漿走進店裡。剛剛開門的舊書店裡滿是陳舊的油墨味，他移動腳步，躲開那些整整齊齊擺放在地上的報刊，「眉豆糕和新鮮豆漿，你的口味沒變吧？」

「牙齒都快沒了，還挑剔什麼？」袁清從後堂走了出來，手上還拿著一條毛巾，在寒冷的冬天不見一絲熱汽，儼然是一副用冷水漱洗的樣子，「你等一下，白稀飯剛剛煮好，我裝一碗給你。」

「謝謝袁伯伯。」徐遙把早餐放在櫃檯上，從角落搬了一張小板凳坐下，隨手翻開櫃檯上的書籍借閱登記本，赫然發現郭建偉的名字整齊地寫了好幾行，「郭建偉還是經常來借書嗎？」

「對，他還堅持一定要登記，說自己知道登記制度存在的必要性了。」袁清穿好溫暖的外套，端著一個托盤走出來，上面放著兩碗白稀飯和幾碟小菜，「上次的事情可能把他嚇到了。」

「嚇他的人可不是我。」徐遙想起郭建偉被李秩質問的場景，忍不住笑了笑。他把配菜撥到稀飯上，「好久沒吃稀飯了。」

「偶爾吃一次是懷舊，但可以選擇的話，誰願意天天吃清粥小菜？」袁清仍然是那樣硬邦邦的語氣，「要不是你要過來，我就去茶樓吃早餐了，誰還在家煮稀飯啊？」

徐遙笑道：「下次我請你去茶樓吃飯，叫森哥一起。」

「林森那傢伙挺有意思的。」袁清一邊吃著稀飯，一邊指了指一疊放在一邊的舊報紙，「昨天剛剛送來的，不知道有沒有你想找的東西，待會你自己看吧，我沒空幫你整理了。」

「沒關係，我很閒，我自己慢慢看就好了。」

徐遙之前拜託袁清幫忙留意二十年前的舊書報，官方報紙或地攤文學都可以，如果有當時的筆記或札記更好。等了快一個月，終於等到有人要回收舊書報，於是徐遙一大清早便跑了過來。

「聽說是一個收藏家死了，他的子女不懂得珍惜，把那些古書賣給了拍賣所，他們根本不懂那些東西的價值，賣了幾十萬就歡天喜地，誰知道拍賣所轉手拍賣出去一本孤本，整整一百萬，那家人正在起訴拍賣所詐騙，也連帶不肯輕易賣掉其他東西了。這疊報紙還是他們諮詢過大學教授，確認在沒興趣收藏的人眼中就是一堆廢紙才賣到這裡的。」袁清冷哼一聲，「說不定你翻著翻著，都能聽見那個收藏家在哭的聲音。」

「和氏璧沒遇到卞和的話，在別人眼中也只是一塊石頭。」徐遙聳聳肩，「一般人聽到分遺產，都是想到房地產、基金或金銀珠寶吧。很多人會把字畫當成古董，但書本這種東西，有多少人會覺得它們值錢呢？」

「書本來就不值錢，是人們學習了書上的知識，然後才把書吹捧成值錢的東西。」袁清十分嫌棄徐遙的觀點，他冷冷地碎念著，「這一屋子的書也是，我死了就變成廢紙了，誰還會要這些破舊的東西。」

「袁伯伯，你真的不打算把書店交給別人繼承嗎？」徐遙停下吃東西的動作，「至少這些書可以找到繼承的人吧？」

「誰願意要這堆積滿灰塵的書報，又不是什麼名家珍本，就只是一堆地攤貨，你在路邊的影印店印了一疊廢紙，放個二、三十年，任何一家舊書店都會收的，這能證明什麼？」

袁清今天的怨言好像頗多，反反覆覆地碎念著，其中心思想不外乎就是書不值錢、不值得浪費那麼多心思收藏。但任誰都聽得出來，他正是因為熱愛才會如此刻薄，那樣至少在看見這些書報被棄若敝屣時，才不會那麼難過。徐遙心中了然，也不挑明，他吃完早餐，就開始翻看那些舊書報。

層層疊疊的泛黃報紙，有的已經連墨跡都模糊不清，僅能看到大字標題，行文風格也充滿年代印記。興許是時代進步發展，多數報刊連社會版都甚少出現命案新聞，倒是在娛樂報紙或雜誌裡常常繪聲繪色地講述一些八、九〇年代的傳奇案件。包括香港賊王葉繼歡、十億綁匪張子強等等，偶爾會有一些悅城當地的案件，但也許因為它們是本地案件，反而忌諱暴露真實姓名，都用「甲乙丙丁」或「某某部門」來替代，徐遙像解謎一樣看了半天，才認出其中幾份小報報導的是他父親的案件。

徐遙小心翼翼地把捲折的頁面攤平，逐一把這些資訊拍下來，再用塑膠文件夾裝好。就在他把第三份講到這個案件的八卦報紙折起來收進文件夾時，從兩張幾乎黏在一起的劣質紙張之間，掉出一張看似從另一份報紙上剪下的圖片。它應該是用糨糊之類的東西黏在報導後面的，但時間一久，糨糊失去黏性，只靠兩頁報紙把它夾在中間，徐遙一抖動，照片就掉了下來。

「嗯？」

徐遙愣了一下，卻見那張圖片底下的小字說明裡寫著「悅城精神科學研究所全體成員合照（徐某左三）」。

這是父親當年的研究所成員，徐遙所熟悉的哥哥姐姐，包括林森，都在其中。然而卻有一個坐著輪椅的人，非常醒目地占著一個位置，但徐遙卻從未見過他。

「袁伯伯，你知道這是誰嗎？」有時候談論的案件太過血腥，徐峰會把研究所的成員叫到這間書店的閣樓裡商談，讓徐遙待在樓下由袁清負責照顧。徐遙指著那個坐輪椅的男人問袁清，「我怎麼沒見過？」

「哦，這個人好像不是正式員工，聽說是在專門照顧弱智兒童的機構裡工作，他聽說有可以治療精神疾病的方法就跑來了。你爸爸跟他解釋了很多次智能障礙跟精神疾病不一樣，但他根本聽不進去，常常向你爸請教孩子的教育問題，你爸看他那麼有誠意，就讓他旁聽了。」袁清看了看那個人，「可是他身體很差，動不動就生病，坐輪椅不是因為腿腳殘疾，是他真的病到走不動，有幾次還在這裡癲癇發作。所以他時常坐著輪椅，萬一發病時移動也比較方便。我很久沒見過他了，也不知道是不是還活著。」

「袁伯伯，你知道這個人叫什麼名字、住在哪裡嗎？」當年的調查中，這個人從來沒有出現過，大概因為不是正式員工而被忽略了，說不定他會知道些什麼線索。

「名字啊……都過了那麼久，我真的想不起來了。只記得他姓李，跟林森年紀差不多，是在悅城的特殊學校裡工作的人。」袁清擺擺手，「那時候，特殊學校的工作又髒又累，孩子全都有智能障礙，生活不能自理，又沒有這方面的經驗和專門的老師，願意到那裡工作的人很少，應該不難找吧。」

「謝謝袁伯伯。」徐遙記下這些資訊，把還沒有看過的半疊書報放進背包，「我今天先回去了，有空再來看你。」

「有空也別來看我，這個地方又小灰塵又多，你們年輕人應該多去陽光燦爛的地方，別來找我了。」

袁清那口不對心的碎念仍然不絕於耳，徐遙放下書報，傾過身體抱住了他。袁清愣了愣，從喉嚨裡發出低低呢喃：「你這孩子……真的跟你爸一模一樣……」

「你也跟我爺爺一模一樣。」

徐遙出生前爺爺就去世了，他根本沒見過他，但對他來說，袁清就是他的爺爺，是小時候抱著他幫他搧扇子驅趕蚊子、削蘋果餵餅乾給他吃的爺爺。

「別裝了，這間店我是不會寫你的名字的！」

「啊，被你看穿了。」

徐遙哄了袁清一會，便帶著那張圖片前往悅城特殊兒童學校，但是那裡的人並不買單，說外來訪客必須預約安排才能進去。

徐遙這才意識到，他過去進行調查之所以那麼容易，並不是因為他神機妙算，而是因為有李秩的警察證件，所以別人特別配合而已。

徐遙抬頭看了看學校的高牆，點開通訊錄，但最後還是退了出去，轉身離開。

調查工作進行了一天一夜，但無論是鄰里走訪還是網路搜查，都顯示梁晨和顧芳菲兩個家庭沒有牽扯進足以讓人投毒報復的恩怨情仇之中。而兩人購買的保健食品也是在網路上的知名品牌商店購買的，產品檢驗合格，隨機包裝寄送，根本不可能在保健食品裡下藥。

案件一時陷入僵局，直到第二天，在一系列長長的醫療紀錄裡，李秩才看出了一些端倪。

「曉萌，我問一下，這項檢查是婦科的必要項目嗎？」李秩指了指一個奇怪的檢驗項目，「頭髮有什麼好檢查的？」

「嗯？」魏曉萌湊過去看資料，但毛髮裡也沒驗出什麼特殊的東西，「沒有，我們女性體檢沒有要求檢驗頭髮。」

「檢驗頭髮？」張藍聽見，把螢幕轉了過來，「我知道了……去查一下青少年戒毒所有沒有梁晨的名字。」

李秩想起宋錦文說過，他們很難才得到這個孩子：「你懷疑梁晨有吸毒史？」

「可是檢驗吸毒，驗血液或尿液不是更快嗎？」魏曉萌不解。

「氯胺酮之類的軟性毒品在人體裡兩天半就完全代謝了，只要算好天數，尿液或血液都驗不出來。但是毛髮會積累毒素，就算停止服用一段時間，仍然會殘留。」

李秩解釋道，「梁晨的毛髮檢驗是乾淨的，證明她至少半年沒有吸食毒品。這應該是她準備懷孕前做的體檢吧。」

「而我們查不到是因為她當年吸毒時是未成年人，所以檔案封存了。」魏曉萌瞬間明白，「我馬上去申請調查許可！」

李秩再一次翻看顧芳菲的醫療紀錄，她沒有疑似吸毒的跡象，但從兩年多前就開始頻繁就醫，很不尋常：「顧芳菲的老公欠債是從什麼時候開始的？」

負責調查的王俊麟道：「大概是去年六月分，被股票暴跌害慘了。」

「那她兩年前這些傷就不是追債人造成的，難道是家暴？」魏曉萌翻找紀錄，「但是沒有報警紀錄。」

「很多被家暴的婦女都不敢報警，不能大意。」張藍拍拍李秩，「再去醫院一趟看看顧芳菲吧。」

「好。」

「副隊長，我也一起去吧。」魏曉萌站起來，「徐老師說過，這種情況女孩子來問比較好。」

「嗯，第一次也是妳負責做筆錄，她應該對妳比較熟悉。」李秩對魏曉萌點頭讚許，「待會妳來負責詢問，我幫妳記錄。」

「欸，我怎麼敢啊！」讓副隊長來幫她記錄，魏曉萌連忙搖頭拒絕。

「沒事沒事，就讓他當祕書吧。」張藍也笑了，「工作第一，互相幫忙是應該的。」

「那、那好吧……」見大家雖然是開玩笑的態度，但語氣卻是真誠地寄望於她，魏曉萌用力點頭，「那就拜託你了，副隊長。」

「走吧，不然探病時間要結束了。」

「好！」

徐遙離開特殊學校後，便回家研究剩下的那些書報。那些似是而非的豪門恩怨和江湖情仇依舊占了大部分版面。徐峰的案件沒有造成重大經濟損失，而且和警政系統相關，即使有相關報導，也說得隱晦曲折，徐遙花了不少時間才找到幾篇相對完整的報導。可是這些文字描述裡除了添油加醋的細節，其他資訊全是徐遙早就已經知道的，根本沒有那張模糊的照片珍貴。

徐遙把這些篇章都掃描列印出來，並排貼在牆上，抱著手臂打量著這幾篇文章，想從中看出些什麼。可是文章作者都是不同人，發表時間也沒有規律。當時悅城只有一家官方報社，所以新聞都是刊登在這家報紙上也是理所當然……等等，悅城的報社？

徐遙眉頭一皺，悅城是南方城市，但這幾篇文章裡都出現了一些他看得懂但平常並不會使用的方言詞語。一開始他以為是自己久居國外，寫作都是書面詞彙所以分不清口語的語感，但想到了「方言」這個概念時，他突然恍然大悟這種違和感從何而來。這些都是都市的方言，二十年前網路遠沒有今天這麼發達，方言之間的融合並沒有那麼深，可見這幾篇報導的作者肯定是住在都市的人，或是深受都市方言影響的人。

二十年前從都市來悅城的當記者的人，這個範圍瞬間縮小了許多。徐遙馬上打電話給黃嘉麗，要到了出版社總編的電話，拜託他尋找當年在官方報社裡工作編輯的聯繫方式。看在徐遙每本小說銷量都不錯的分上，三個小時後，徐遙得到了兩個人的名字跟聯繫方式，但其中一個已經得了老年痴呆症，另一個仍然健在的老人叫林國勇，目前住在悅城職業技術學院的教職員工宿舍裡。徐遙一聽，又是不方便自行調查的地方，忍不住追問了一句「為什麼」。

「林國勇的老婆以前在職校工作，所以有分配的宿舍，雖然他老婆去世了，但人家在那裡工作了一輩子，總不能把老人家趕出去吧。」總編聽出了徐遙的難處，又補充道，「他有個女兒，在悅城圖書館當管理員，你可以去找她。」

「您知道她的女兒叫什麼名字嗎？」

「叫林希蓉，你跟她說你是作家，她應該會很高興為你引見的。」

「謝謝你，總編。」

總算得到一個確切的聯絡人，徐遙只覺一團亂麻裡終於理出了一根線頭，連忙道謝。總編說了句「不客氣」後，卻又加了一句：「徐老師，你不是在查什麼歷史久遠的懸案吧？」

「不是，我只是想要請教一些私人問題而已，不會影響寫作進度的，請您放心。」

電話那頭明顯鬆了口氣：「原來如此……難得看徐老師這麼積極，我還以為您在調查什麼真實案例呢。」

的確是真實案例，但徐遙卻無法說明他為何如此積極。他再次道謝，掛了電話，便動身前往悅城圖書館。

悅城圖書館座落在市政府正對面最繁華的路段之中，造型是一本翻開的巨大書籍，玻璃採光結構讓整座建築輕盈時尚。裡頭寬敞明亮，座位充足，地上都鋪著吸音地毯，理應是一個絕佳的學習工作的地方。但在這個電子閱讀的時代，徐遙發現大部分的區域都低齡化了，席地而坐的小孩占據了大部分的青少年活動區；除此之外，人數比較多的地方是小說跟流行文學區，像純文學和純科技的區域已經不是人煙稀少可以形容的，已然是半關閉的狀態，只在週一、三、五開放。

但徐遙現在沒有時間感嘆時代變遷。他透過館內的自助搜索查詢到值班人員表，發現林希蓉今天負責櫃檯，馬上就找了過去。在表明來意後，林希蓉遺憾地對他說，林國勇上個星期中風，已經記不起二十歲以後的事情了，連她這女兒都不認得了。

徐遙一下子都不知道是該安慰林希蓉還是安慰自己了，他抱著最後一點希望想見林國勇一面，林希蓉有點為難，最後還是在徐遙的堅持下勉強答應。但她要求過一段時間再來拜訪，現在林國勇的狀況不是很好，她不希望他受到刺激。

這聊勝於無的局面讓徐遙的心情有些沉重，好不容易找出來的線頭就這樣被掐斷了。他一時失去目標，不自覺地往圖書館裡安靜的角落走去。高大的書架把空間分割成一條條長長的走道，徐遙也不知道自己走到了什麼分類區域，就往一張踏腳椅上坐了下來。

五年來，不對，是二十年來，他一直在尋找各種蛛絲馬跡。研究心理學，和名師交流，參加各種實驗，暗地裡留意所有朋友的去向，維持可以利用的人脈，卻又裝作漫不經心、毫不在乎。明明可以選擇加入警政體系，接近真正的犯人鍛鍊自己的破案技巧，卻始終拒絕各方伸來的橄欖枝，只在警察學校裡擔任一個能夠靠近真實案例的助教。他每個舉動都小心翼翼，生怕動作太大會引起母親的注意——母親是愛他的，她不願意看到他執著於父親的案件而耽誤自己。這麼多年，他已經習慣了細水長流般積累探索，他學會了一邊追求和平生活的假像，一邊追尋隨時可能顛覆這份和平的真相。其實他也不知道他是希望這個真相盡早來臨還是永遠不要到來，反正這就像喝水吃飯一樣，他不會不做，卻也不會因為一時沒有進展就焦急萬分。

可是現在他真的感覺到煩躁了，他開始懊惱這一切若有似無的直覺和線索，他甚至有一種想要撬開自己的腦殼，找一找那段記憶到底存在於哪塊腦髓裡的衝動，讓他整個人坐立不安。

徐遙，你怎麼了？冷靜一點，都那麼久了，為什麼忽然急於一時呢？對，他到底在急什麼呢？

不遠處的一座書架後忽然傳來一陣「撲通」的響聲，打斷了徐遙的沉思。他聽到一個孩子焦急的叫喊聲，便趕緊跑了過去，卻見在那條走道裡倒著一個身材瘦小的中年男人。他身體扭曲，四肢抽搐，兩眼快速眨動，而他旁邊癱坐著一個面容異常的孩子，正不知所措地哭喊著，情緒十分激動。

徐遙一看男人就知道他是癲癇發作。他馬上把哭鬧的孩子抱到一邊以免男人接下來有其他神經失調的動作誤傷孩子。他托著男人的頭讓他的脖子側向一邊，往他嘴裡塞了一塊手帕防止他咬傷舌頭，接著撥打一一九。

「這邊有一個全身性癲癇發作的男人，我在悅城圖書館三樓……」徐遙抬頭看了看身邊的書架，「H6-562輪船製造技術區。我已經幫他墊了手帕以防咬傷，側過頸部阻止唾液逆流，他已經持續發作一分鐘了，請你們趕快過來。」

「好的我們馬上過來，先生你那邊還有孩子的哭鬧聲，請問有兒童受傷嗎？」

「應該沒有，但這個孩子……」徐遙看了看那個孩子，他的情緒仍然十分激動，高聲喊叫跟哭泣之中還伴隨著意義不明的肢體扭動，「應該是一個唐氏症患者，看起來八、九歲，不能正確表達自己的感受，我也不知道他到底有沒有受傷。」

「明白了先生，請你盡量保持癲癇病人的姿勢，我們馬上過來。」

急救中心的接線人員大概也在為徐遙這複雜的情況感到不可思議，他掛斷電話後，救護車不到兩分鐘就到了，這時候男人的抽搐已經稍微平緩下來，但意識仍未恢復，手腳還是一陣陣地抽動。徐遙協助急救人員把哭鬧的小孩帶上車，自己也跟了上去。

「你看，這裡有一塊醫療牌。」

急救護士發現那個男人脖子上戴著一塊簡短描述病史的牌子，徐遙一聽，解開孩子的羽絨服，發現他身上也掛著一塊：「這裡說這個孩子一直在婦幼醫院就醫，如有意外請送該院。」

「這個男人也是。」儘管很奇怪為什麼這個成年男人也要送婦幼醫院，但既然這樣描述，救護人員向急救中心彙報後，中心便安排他們轉送該院接受治療。

男人在快到醫院的時候神智已經恢復了一些，能夠發出聲音，徐遙隱約聽到他含糊地說了個類似「氧化」的發音，猜測他應該叫「楊華」。

男人被推進急診室，徐遙負責看著那個叫「李世範」的孩子，並且按照牌子上面的聯繫方式打電話通知他的家人。他的媽媽李女士接到電話後，還很警覺地說讓兒子說一句話，徐遙讓李世範嘰哩咕嚕地說了一些好像母子間的暗語之後，李女士才相信了徐遙，一邊感謝一邊道歉，連忙趕往醫院。

徐遙其實也沒有怪罪李女士的想法，畢竟現在詐騙那麼多，就算是警察也有可能是壞人，更何況他一個陌生人呢？

不過，儘管警察裡有壞人，但警察裡的好人他也認識不少，還有像李秩那樣正值無畏的，也算是對這個世道的一絲安慰吧。

徐遙正想笑，卻又猛然驚醒——這是他今天第幾次想到李秩了？

「徐老師？」

一個俏皮可愛的聲音興奮地朝他飄了過來，徐遙一回頭，就看見魏曉萌站在不遠處向他揮手，還有站在她身邊的李秩。

李秩其實比魏曉萌更早看見徐遙，只是昨天無端的矛盾讓他不知道應該打招呼還是裝作沒看見。猶豫間，魏曉萌已經朝徐遙走了過去，他也只能跟上，向徐遙含糊地說了聲「嗯」當作問好。

徐遙的糾結也不比李秩少，他扶了扶碩大的金色圓框眼鏡，掩飾一瞬的無措，正想問他們來做什麼，卻見兩人都直直地盯著他——或者說，盯著他看顧的那個孩子李世範。

「徐遙，這孩子是哪裡來的？」李秩驚訝地看著李世範，為什麼李月華的兒子會和徐遙在一起？

徐遙疑惑地皺了皺眉：「剛剛我在圖書館看見一個男人癲癇發作，就送他到醫院來了。這個孩子是那個男人帶著的，沒人照顧，我就先看著他，我已經通知他的母親了⋯⋯」

「他母親是不是叫李月華，在孕婦護理中心工作？」

「我不知道，我只是看見了孩子脖子上的掛牌，我不認識她。」徐遙察覺到不對勁，「這孩子和他媽媽涉及到什麼案件嗎？」

「曉萌，妳先去看看顧芳菲的情況，我等一下再過去。」

「好。」

魏曉萌往顧芳菲的房間走去，李秩才帶著徐遙來到安靜的樓梯間，把案件的進展簡略地說了一遍：「我們在調查人際關係時發現，梁晨和顧芳菲都在同一家孕婦護理中心上課，而且導師都是同一個人，就是李月華。而她的兒子李世範……」李秩看了看天真童稚地待在徐遙身邊的李世範，儘管知道他聽不懂，但還是放輕聲音不讓他聽見，「我的想法是這樣的，李月華是個單親媽媽，一直很拚命工作；而梁晨曾經吸過毒，如果顧芳菲也有一些不好的過往，那麼李月華可能會出於嫉妒而謀害她們。」

「李月華是單親媽媽的話，那帶著孩子的男人是誰？」徐遙對李秩的想法不置可否，他一隻手搭在李世範的肩上，帶有安撫意味地輕拍著。

「我猜測是李月華的弟弟，我去特殊學校找過他，但沒碰到面，是那裡的老師告訴我的。」

徐遙一愣：「你也去了特殊學校？」

「也？」李秩也一愣，兩人對視了一眼，卻又馬上轉開視線，「你為什麼要去特殊學校？」

「……處理一些私人問題。」徐遙直白地把李秩排除在「私人」的範圍之外，他揚了揚手機，「李月華打給我了。」

「那走吧，正好可以問清楚。」

「小範！」

剛轉出樓梯間，李月華便急急忙忙地迎了過來，她撲過來攬住了李世範，抬頭想向徐遙道謝，卻發現了站在一旁的李秩：「李警官？」

李秩向她微微點了點頭：「妳好。李老師，妳別誤會，只是我們同事剛好遇到小範，就送他過來了。」

「你也是警察？」李月華詫異地看向徐遙，「你在電話裡怎麼不說？」

「我要是一開口就說我是警察、妳的家人現在怎樣怎樣了，妳肯定會把我當成詐騙集團，連叫小範聽電話都不會就掛斷了吧？」

以子之矛攻子之盾，李月華被徐遙一反問，感到有些抱歉：「對不起徐先生，我不是故意冒犯的……」

「沒事，但我覺得很奇怪，妳這麼有防範意識的人，為什麼會讓一個有癲癇症的男人負責照顧孩子呢？」徐遙指了指李世範脖子上的掛牌，「他們脖子上的掛牌顯示他們是長期患者，不是突然發病的。」

李月華的臉色柔和了一些，她牽著李世範的手往長椅走去，徐遙和李秩隨後跟上。她從包包裡拿出一個玩具給兒子，才回過頭來對他們說道：「他是我的弟弟，就是在這家醫院出生的，那時候這裡還不叫婦幼醫院，叫悅城第二人民醫院。他從小身體就很差，大家都以為他活不了多久，但他堅持下來了，要不是有他的鼓勵，我也撐不住養育小範的壓力……」

多年前還沒有那麼先進的ＤＮＡ技術，無法準確判斷唐氏症胎兒，很多嬰兒因此成了棄嬰，如果在農村或偏遠地區的話，估計就直接活埋了。李月華選擇撫養小範長大，的確需要很大的勇氣和責任心。李秩想起特殊學校的事情，便問道：「小範平常也是由妳的弟弟接送去特殊學校嗎？萬一在路上發生意外怎麼辦？」

「陽華長大以後已經很少發病了，雖然還是經常發燒感冒，但像這樣癲癇發作，今年大概只有五、六次。」李月華道，「而且特殊學校的老師都認得他，要是遲到一段時間還沒見到他接送孩子，就會打電話給我。」

「原來如此。」

李秩也沒問出什麼，只是再次確認了李月華沒有養小男朋友而已。這時，徐遙忽然對他說道：「魏警官不是叫你盡快找她嗎？還不快去？」

「嗯？」

李秩莫名其妙，卻見徐遙借著扶眼鏡的動作向他使了個眼色，心下明瞭，便立刻離開了。

「李小姐，我跟妳說實話，我其實不是警察，只是擔當顧問之類的角色。」徐遙換了個語氣，單刀直入，「我老實告訴妳，現在他們懷疑妳有可能因為自己的弟弟和兒子都是病患而心生嫉恨，向妳的兩位客戶下毒，但我並不這麼認為。」

「我怎麼可能毒害她們?!」李月華瞪大眼睛，「她們是我的收入啊！我怎麼會影響自己的口碑？」

「他們會一直調查，直到查到很牽強的關聯，把妳抓進去關個兩、三天。相信我，就算是妳見過最粗暴的人，在裡面都熬不過二十四小時，到時候不管妳有沒有做，妳都只想認罪，趕緊解脫。」徐遙故意壓低聲音說話，彷彿在透露什麼內幕，「我在警局裡是純粹的義務幫忙，我本來也不想浪費時間幫他們查案，但是我覺得你們姐弟三個人挺可憐的，我不希望妳弟弟跟兒子因為妳坐牢而失去照顧，所以妳一定要告訴我一件事，我才有辦法為妳洗脫嫌疑。」

要是平常，李月華這麼剛強的女性是不會輕易被說服的，但徐遙幫助過她的親人，而且她也的確知道警察開始調查了，李秩還盤問過她弟弟的情況，更讓她擔憂自己被當作嫌疑人：「徐先生，我真的已經把所有知道的事情都告訴警方……」

「哦，那妳為什麼沒有告訴他們，妳弟弟曾經在顧芳菲的社區裡當保全？」徐遙從口袋拿出一張社區保全的工作證——剛剛徐遙翻找過李陽華的衣服，看到了這張工作證，再聽李秩說了顧芳菲的相關資訊，便將兩者聯繫在一起了，「還是妳打算等他們自己查出來再來訊問妳？」

「我弟已經辭職很久了……」

「我來猜猜，是多久呢？大概是兩年前吧？」徐遙道，「顧芳菲兩年前經常因傷就醫，我猜她是因為和妳弟弟有不正常交往，被老公發現，所以才被毆打，而妳弟弟也因此被辭退了。」

「我不知道我弟弟做過什麼，但他那樣的身體，怎麼可能跟別人發生什麼關係？你不要隨口汙蔑他！」李月華急了，「他、他是因為偷東西才被辭退的。」

「偷東西？」

「我也是這一兩年才當上護理師，之前都是助理，薪水很低。我弟身體不好，做不了什麼賺錢的工作，又看我那麼辛苦，才會心產歹念……如果你們不信，可以去問那幾個資深保全，他們都還在呢。」李月華想了一下，拿出手機翻找，翻了好一會才翻到一張圖片。那是一條僅顯示給好友看的貼文，文字內容是「有時候，我覺得自己真的撐不下去了」，配圖是一張塗掉名字的和解協議，「這是我當時簽的和解協議，我回家還能找到文件！」

「別激動，只要疑點澄清就可以了，不過，妳剛剛說妳弟弟的身體無法跟別人發生關係……」

李月華嘆了口氣，道：「他就是不能。你是男人，就不用我說得那麼仔細了吧？」

「……我會去向醫生求證的。」徐遙愣了愣，也是，這種話問醫生比較好。隨後，他將話題轉移到李世範身上，「小範的父親和妳離婚後就不知去向了？」

「聽說他找了個鄉下的女人，跟她一起做生意，我也好幾年沒有他的消息了。」

李月華摸了摸李世範的頭，「也不怪他……我為了當護理師學習了很多知識，我們家這種情況，應該是有什麼隱性的遺傳疾病在X染色體上，所以生女孩沒問題，但生男孩就會有各種疾病……將來我也不打算讓小範結婚生子，以免把這些不好的基因傳下去，禍害了下一代……」

「現在醫學科技越來越先進，越來越多的疾病可以透過檢查排除，不過，總是會有力所不能及的地方。」徐遙不想當別人的人生導師，只能陳述客觀事實，「無論妳或者小範做出了什麼決定，只要有背負起對應責任的心理準備，我都祝福你們能勇敢地走下去。」

「謝謝你，徐先生……」李月華擦了擦眼角，深吸一口氣，恢復到雷厲風行的女強人模樣，「如果沒有別的問題的話，我該去看我弟弟了。」

「請便。」徐遙起身讓行，他揉了揉李世範的頭髮，笑著說，「小範再見囉。」

李世範對這個短暫照顧過他的哥哥很有好感，笑得一臉開懷，他舉起手來，把一只折好的紙船塞進徐遙手裡，嘴裡一直碎念著「船、大船」。

徐遙微笑著接受了孩子的好意，他目送李月華往病房走去的身影，自己也往顧芳菲的病房走去——剛剛那段不正常關係和家暴是他胡謅來套話的，但也不見得顧芳菲的過去就和家暴完全無關。

徐遙走到病房前就聽見了一陣哭泣聲，他猶豫著該不該進去，只能暫時躲在門外。

「我只是想要一個孩子，為什麼要這樣對我？如果是我造的孽，為什麼不報應在我身上？為什麼要這樣逼死我？」

「妳冷靜一點，這不是妳的錯……副隊長，去叫醫生！」

徐遙豎著耳朵偷聽，李秩猛地拉開門，詫異了一下，但他無暇詢問，迅速跑去叫醫護人員。高醫生一邊小碎步跑進房間，一邊埋怨李秩：「怎麼能這樣刺激一個剛失去孩子的女人？」

李秩連說了好幾句「對不起」，醫護人員按住歇斯底里的顧芳菲，替她注射鎮定劑，滿臉淚水汗水的她才緩緩安靜下來，躺下來睡著了。

「你們到底問了什麼問題？怎麼把她弄成這樣？」被醫生教訓了一頓，徐遙在病房外向魏曉萌問道。

「對不起，我沒有顧及她的心情，貿然說出了我們的猜想……」魏曉萌垂著眼睛承認錯誤，「她以為是因為自己過去做的事才讓別人向她下毒，所以孩子是她害死的，就……」

「曉萌，記住妳是警察，妳不用向別人解釋為什麼妳要問他們這些問題，不然不僅可能對受害者造成二次傷害，還有可能洩露調查方向跟進度。」徐遙像老師一樣的語氣讓李秩也忍不住跟著點頭，徐遙看兩人都沉默了，便換了話題，「那妳問出來顧芳菲以前做過什麼壞事了嗎？」

「她之前撒謊了，她並不是到悅城就讀職業學校的，而是從事色情行業。」魏曉萌振作精神，重新整理思緒，「她說她十六歲時被人騙到了一間酒店，一直被逼賣淫，直到二十歲她的老公顧楚輝去店裡光顧，兩人認識了一段時間後，顧楚輝給了店家二十萬塊把她『贖』走，不久後那家酒店也關門了，她就跟著老公一起生活。」

「那她之前受傷的原因是什麼？」李秩問。

「關於這個問題，她說是因為她想要生孩子，可是顧楚輝每次聽到都會大發雷霆，甚至動手打她，她也覺得很奇怪。」顧曉萌補充道，「她說顧楚輝親自幫她買避孕藥，每天都盯著她吃，後來她是真的很想很想要一個孩子，哪怕因此離婚也想要，於是她偷偷把避孕藥換成維生素。四個月前，她終於懷上了，但沒想到不久後顧楚輝就因為生意失敗而跳樓自殺了。」

「她老公為什麼那麼抗拒要孩子？」不喜歡孩子的人很多，但監督老婆吃避孕藥就有點奇怪了，徐遙問，「她老公死前知道她懷孕了嗎？」

「不知道，她害怕他會對她動手傷害孩子，所以一直遮遮掩掩，穿寬大的衣服、說自己胖了之類的，加上她老公正為生意而煩惱，也沒有留意。」魏曉萌道，「我也問了她和李月華的關係，她認為李月華是個很負責的導師，她還說她是真心為她好，不是為了賺錢那種對待客戶的好。」

「梁晨夫婦對她的評價也很高，」李秩補充道，「徐遙，你剛才套到她什麼話了嗎？」

「不知道算不算套話，你們看。」徐遙把李陽華的工作證交給李秩，「李月華的弟弟李陽華，曾經在顧芳菲居住的社區當過保全，但是兩年前就辭職了，理由是竊盜，她還給我看了和解協議書，當然這需要你們去查證真偽。」

「又是兩年前？」李秩皺眉，他看著工作證上的照片，裡面的男人瘦小蒼白，給人壓抑憂鬱的感覺，「這個節點有點巧合了吧？」

徐遙搖頭：「我也覺得有點巧合，但這種巧合暫時沒有意義……」

「李警官！」

正說著話，高醫生忽然折返回來：「差點忘了跟你說一件事，今天早上我們收到了一個大量出血的孕婦……」

李秩瞪大眼睛：「又一個？」

「不是，她說是自己想做藥物流產，沒處理好所以造成大量出血。」高醫生忍不住為這些不愛惜自己身體的人嘆了口氣，「她跟我說，是有一個熟人介紹的朋友，向她介紹了一種所謂的事後避孕藥，結果卻是品質低劣的美服培酮。」

「妳的意思是黑心診所？」李秩詫異，在二、三十年前的確有很多黑心醫生，但是隨著時代進步，黑心診所應該都關掉了。

「應該是，但那個女生不願意說。」高醫生看了看他們，目光集中在魏曉萌身上，「也許你們可以問出答案。」

魏曉萌馬上點頭：「好，我跟妳去。副隊長，我晚一點回局裡，要是真的問出來了馬上跟你報告。」

「辛苦妳了。」

這次的案件涉及許多女性的私隱問題，全靠魏曉萌負責問訊，李秩看著她走遠，不禁對徐遙感慨道：「要是我們的觀念跟國外一樣開放就好了，這樣我們大概就不用這麼敏感了吧。」

「就算是國外，在辦理性侵、家暴等等的女性受害者居多的案件時，也主張以女性警官主導。這跟敏感與否無關，人本來就有生理差異，接受差異，盡量降低差異性帶來的負面影響，才是應該採取的行動。」徐遙又習慣性講課似地開口，「簡單來說，就是鼓勵女性加入警政體系，讓每一個分部都有女性成員，這樣才能更好地處理這些針對女性的案件。」

李秩笑道：「我還跟隊長說過能不能多申請一個女警過來呢，看來我還真是說對了。」

徐遙並不覺得奇怪，李秩是一線警察，自然會從實際辦案中體會到缺少女性參與的不便。可是要解決這個問題，涉及的方面太多了，也不是一線人員就能控制的，徐遙也就不再多說什麼。他看了看手機的時間，已經過了探病時間很久了，十二月的天色在傍晚六點多就已經全黑了。

李秩察覺到他看時間的動作：「怎麼了，你趕時間嗎？」

「我想去看看李陽華，但探病時間已經過去了，而且李月華也還在，估計問不出什麼。」徐遙皺眉，「不知道圖書館閉館了沒……」

「市立圖書館晚上八點才閉館，現在過去還來得及。」李秩想起魏曉萌說過的話，也許徐遙並不是生氣，而是在為其他事情煩心，才拿他出氣。於是他逮到機會試探了一下他昨天忽然發火的原因，「我送你過去吧，現在是下班時間，很難叫車。」

徐遙猶豫了一下，按理來說，他已經決定不再讓李秩踏入他的私人空間，應該拒絕。但他說得也有道理，如果他拒絕一個合理的建議，不就表現得太明顯了嗎？

李秩見徐遙沒有一口拒絕卻又遲遲不肯答應，就知道他口是心非的毛病又發作了，他乾脆拉著他的手往外走：「別想了，再過一會真的要塞車了，走吧。」

徐遙被李秩一抓，本能地後退了一下，但李秩的動作更快，一把抓住他的手腕拉著他往外走，徐遙輕輕地掙扎一下就放棄了——這樣也太小氣了——他只好跟著李秩的步伐往外走，跟著他坐上車。

李秩在徐遙看不見的地方難以抑制地偷偷彎起了嘴角。

「小範經常來這邊看書，他特別喜歡船，我想是因為他舅舅喜歡船的原因吧。」林希蓉把一份列印出來的報告遞給徐遙，「這是李陽華的借書紀錄。」

有李秩在，調查問話就方便多了。徐遙掃了一眼借書紀錄，發現李陽華經常借閱和船隻有關的書籍，從純粹的船隻機械製造到由航海延伸的哲學思考，還有專門教怎麼折疊不同紙船的手工藝書籍，看來李陽華對船隻的喜愛不是一般地痴迷。

「他今天來還書了？」徐遙指了指最後一條紀錄，「這本書現在還在嗎？沒有被借走吧？」

「還在，他剛剛還書就病發，我們也手忙腳亂，還沒來得及放到書架上。」林希蓉從身後的移動推車中抽出一本《忒修斯之船與她的船長》，「這是一本愛情小說。」

「愛情小說？」

徐遙詫異地翻到書本後面看簡介，李秩探過頭來問道：「這書名是什麼意思？是講發生在船上的愛情故事嗎？」

「忒修斯之船不是真正的船，是一個著名的同一性悖論。」徐遙一邊快速瀏覽簡介和目錄，一邊解釋道，「簡單來說，就是有一艘船，如果我不斷用新的零件替換老舊的零件，直到所有零件都不是它剛剛被製造出來時候的零件了，那它還是原來的船嗎？這個悖論就是在思考這個問題……不過這本小說大概是借用了這個噱頭吧，感覺跟悖論沒什麼關係。」

徐遙說罷，便把書放下，但李秩卻拿出借書證讓林希蓉登記：「這書我借回去看看，說不定有一些破案線索呢？」

「隨便你……」

徐遙轉身準備離開，李秩連忙跟上：「你要去哪裡？」

「我去他病發那個區域看看，說不定當時他掉了什麼東西而我沒發現。」

徐遙往三樓機械製造類書架走去，這本來就冷僻的書目區，晚上根本沒有人停留，門都已經關上了，還是李秩去跟保全打了聲招呼，才幫他們打開門，點亮了一半的電燈。

徐遙憑印象往他發現李陽華的書架走，他也不太確定，只能在附近逡巡。李秩也幫忙尋找櫃子下、角落裡等不顯眼的位置，但也沒見到可疑的物品。

「徐遙，」李秩一邊仔細尋找，一邊隔空向徐遙問話，「你來這裡幹什麼啊，你要看這種書嗎？」

徐遙隨口編了個理由：「收集寫作素材。」

「啊，所以這次的破案關鍵跟船隻有關嗎？」李秩猝不及防被劇透，一臉悲痛地捂著耳朵搖頭，「不不不，一定不是的，你不可能把機械詭計作為核心的，一定不是！嗯！」

徐遙忍俊不禁，李秩剛好走到他對面的書架，從書本上方的空隙看見了他那雙圓圓的眼睛笑彎成了月牙，心中不禁湧起一陣溫柔的暖意。

「對不起。」李秩脫口而出。

這句突如其來的道歉讓徐遙收斂了笑意，他垂下眼睛躲過李秩穿過書籍凝視他的視線，轉身往後面一座書架走去。

李秩連忙繞過去：「我昨天語氣那麼囂張，對不起。」

囂張？徐遙微微蹙眉，這傢伙對「囂張」是不是有什麼誤解？

「我以為自己已經可以獨當一面了，你好心提出建議，我卻認為你是多此一舉，以為我可以……」

李秩的聲音低了下去，徐遙轉過頭疑惑道：「什麼？」

「以為我可以沒有你。」

半明半暗的燈光在書架間投下長長的陰影，他們正站在灰暗與明亮之間，明明逆光而立，李秩的眼睛卻很明亮。但那不是灼熱的，他的眼神沒有目的，不帶欲望，他只是凝視著他，像抬頭仰望萬里星空，滿心愛慕，卻不奢望占有。

徐遙緊抿著唇，心跳如雷，儘管他調動了一切學過的知識諸如深呼吸、握拳放鬆、分散注意力等等，但都收效甚微——現在除了給他一針鎮定劑，應該沒有什麼方法能讓他急速的心跳慢下來了。

「徐遙……」

「我去那邊找看看。」

李秩剛剛開口，徐遙便後退了一大步，他想把自己藏進黑暗之中，唯有如此，才能躲避這讓他不知所措的凝視。可是就在他快要消融進陰影時，李秩卻抓住了他的手臂，把他拉進懷裡。

「我喜歡你。」李秩的擁抱並不用力，只是堪堪用手臂圈住他，還帶著些微寒冬氣息的衣襟若有似無地磨蹭著徐遙的臉，彷彿在引誘他放棄掙扎，「是讀者對作者的喜歡，也是學生對老師的喜歡，還有朋友之間的喜歡，更加是情侶之間的……」

「等一下，」徐遙的脊背都僵硬了，卻在他說完話前嗅到了一絲不和諧的味道，他伸手抓住李秩的衣服，低頭聞了聞，「你身上是什麼味道？」

「啊？」李秩連忙後退，尷尬地聞了一下自己的衣服，「我、我每天都有洗澡……應該沒味道吧……」

「不是臭味，」徐遙托著他的手臂讓他聞自己的衣袖，「你的外套有一絲很淡的香味，但裡面的衣服沒有，肯定是外出時沾到的。」

「在外面沾到的味道？」李秩皺眉，他認真嗅了嗅，的確，在他的外套上，尤其是靠近袖口的地方，有類似柑橘的甜香。但香味很淡，如果不是徐遙詢問，李秩根本不會留意，「我今天只去過醫院。」

徐遙斜他一眼：「你昨天換衣服了嗎？」

李秩臉上一紅：「案情緊急，我要跟大家一起調查……」

「那你昨天去過什麼地方？」

「我去了暖愛孕婦護理中心，就是李月華工作的地方，還有特殊學校。」李秩不解，「你為什麼這麼在意這個味道？」

「因為我聞到過。」徐遙把手伸進口袋，拿出一只紙船——就是李世範送給他的那只，「你聞聞看。」

「嗯？」李秩對香味不算特別敏感，但這種清淡的柑橘味太好認了，「這紙船是哪裡來的？」

「是李世範送給我的。」徐遙道，「你再想想你具體是在哪裡沾到這種薰香的味道？」

「好像是李月華的辦公室……但整個護理中心都香香的，我也不太確定。」李秩仔細打量這只紙船，他走了兩步，來到燈光下，「徐遙，我可以拆開它嗎？」

「可以，可是為什麼要拆開它？」

「這裡有字。」李秩在紙船的折疊處看見一些間隔規律的黑色痕跡，像是筆劃的末端，他小心地把紙船拆開，還原成一張紙，卻見那是一張帶有公司名稱的公文。公司的名字是「輝煌玩具貿易有限公司」，李秩驚叫一聲，「這是顧楚輝的公司！」

「顧楚輝的公司？」徐遙一愣，他快速地回想了一下，「對了，李月華拿給兒子的玩具也貼著這個公司的LOGO。」

「難道是顧芳菲送給李月華的禮物？」

徐遙搖頭：「顧芳菲在家裡的地位不怎麼樣，顧楚輝也不喜歡孩子，她要是拿走公司的玩具，要用什麼藉口？而且你聽說過客戶送禮給公司的嗎？」

「那這些東西怎麼會在李月華手裡？玩具有可能是買的，但公司的公文？」李秩皺著眉頭打量那個公司名稱，上面只有地址、電話、電子信箱和官網這些資訊，就連紙張都快被他盯出一個洞來了也沒有其他發現。

「你在這裡煩惱也沒用，」徐遙拍拍他的肩膀，很輕很快的一下，「我們回局裡找戶籍資料不是更快嗎？」

「嗯，好……」李秩一下子沒回過神，等他感覺到一陣奇怪的沉默後，才猛地醒悟過來，「我們？你要跟我回去嗎？」

「怎麼了？你又覺得我多管閒事了嗎？」徐遙緩慢地眨了眨眼睛，微捲的瀏海垂在圓圓的鏡框上，投下一片影子，掩飾他閃爍的眼神。

「當然不是！」

李秩頓時滿心歡喜，開心得都忘了自己告白未遂。他把那張公文折好放進口袋，便和徐遙回到警察局裡了。

「顧楚輝是李月華的前夫？」

這個查詢結果比徐遙又來了更讓人驚訝，張藍拿起筆在白板上把李月華和顧楚輝的名字連了起來：「這就連起來了！顧楚輝拋棄李月華，因為她生了一個不健康的孩子，所以李月華對顧芳菲懷恨在心，不讓她的孩子出生！」

「她的職業讓她能更多地接觸到醫療行業，有可能因此認識到一些非法管道，取得管制藥物。」王俊麟一拍桌子，「隊長，我們去把人帶回來吧！」

「隊長，我建議你等一等，李月華逃走的可能性不大，畢竟她還有一個情況特殊的孩子，反正也要搜證，乾脆到梁晨跟顧芳菲家裡找一下有沒有那種薰香，要是都有一樣的薰香，那麼肯定會有一些線索。」徐遙開了口，他一直盯著那張李陽華的盜竊和解協議書的照片。他們已經向當地派出所查證過了，案件是真的，但他總覺得李陽華在這個案件裡出現得太過突兀，「那樣我們還能多一些時間去查證其他線索。」

「其他線索？」

眾人看向徐遙，他們不是已經把所有的線索都分享出來並一一核對過了嗎？還有什麼線索要查證？

徐遙卻沒有說出什麼額外的資訊，他完全不管其他人的注視，說完那句話後就皺著眉頭沉思。

「王俊麟、李秩、魏曉萌，你們兵分三路去暖愛中心、梁晨家還有顧芳菲的家裡搜一下，我讓老紅讓我們插個隊，盡量在明天早上趕出化驗結果。」張藍忽然嘆了口氣，低聲感慨了一下，「雖然胎兒還沒出生，但也是人命啊……」

其他人都附和地「嗯」了一聲，也沒有多說什麼，就各自去忙了。唯獨徐遙聽到這句話時，略略掀起眼皮看了張藍一眼。等員警們都散去了，他才走到張藍身邊說道：「楊雪雅告訴你了？」

「嗯？」張藍一愣，隨即露出一臉「這你也知道」的驚訝表情，「你是心理學家還是預言家啊？」

「那天吃火鍋，她調醬料的時候完全沒有碰茴香粉、孜然粉和辣椒之類的東西，吃火鍋也只吃了一點點牛肉和豬肉。」徐遙道，「戒辛辣，戒高熱量的肉食，看起來也不像生病或減肥，只能是懷孕了吧。」

「好吧，你這麼一說，我更加內疚了。」張藍嘆氣道，「我對她的關心實在不太夠。」

「我不明白你怎麼好像不太高興，還一臉憂愁。」

「徐遙，你們研究心理學，會不會忽然覺得人類沒救了，都是變態，乾脆全部毀滅算了的感覺？」

「……我不明白你想表達什麼。」

「我一直都知道想在這個世界生存不容易，但在我知道雪雅懷孕了以後，我第一次覺得這個世界很血腥。不是職場競爭那種殘酷，而是生命意義上的艱難。」張藍又嘆了一口氣，「我忽然覺得好像我的孩子會面臨一個無比艱難、基本上不可能通關的遊戲，哪怕我二十四小時不工作只守著他，也難免會發生一些意外的那種艱難。就像梁晨跟顧芳菲，她們都為孩子付出了很多，戒毒多難？瞞著家暴的老公保住孩子多難？她們真的很努力了，可是還是莫名其妙地……唉，我真的不知道現在這個心情是怎麼回事，心理專家，請教一下，男人也會產前抑鬱嗎？」

徐遙卻點了點頭：「是的，男人也會。」

張藍只是想訴苦，沒想到徐遙卻認真回答了一個讓他意外的答案，他不由得尷尬地笑了笑：「哦，原來男人也會啊，哈哈。」

「但你這應該不是產前抑鬱，」徐遙繼續認真回答，「我不是這個專業的，但如果你有需要，我可以幫你聯繫相關專家。」

「不不不，讓您費心了，不用不用！」張藍差點跳起來幫他捶肩膀了，「我難得跟你平心靜氣地聊聊天，你居然把我當成神精病了。」

「隊長，嚴格來說每個人或多或少都有一點精神疾病，尋求幫助並不是什麼丟臉的事情。」徐遙也就點到即止，「我先回去了，如果有什麼需要幫忙的話，請電話聯繫。」

「案件的事情，李秩肯定通知你的；至於雪雅的事，我會跟她好好處理的。」

張藍從鼻子裡呼了一口氣，「多謝。」

「嗯。」徐遙彷彿不知道讓張藍說這聲道謝有多難，恍若無事地「嗯」了一聲就離開了。

看著徐遙離開的背影，張藍的表情慢慢凝固成沉思，他明顯感覺到徐遙平易近人許多，甚至透露出一點點僵硬的關心，是因為他是楊雪雅的老同學呢？還是因為李秩？

還是，因為他逐漸露出了接近他們的目的？

張藍記起他透過關係得知的那張申請孫皓外出就醫進行精神鑑定的通知單，悅城有三、四個能進行精神鑑定的醫生，怎麼就那麼湊巧，分配了一個徐遙的大學同學來幫孫皓做精神鑑定？

儘管張藍沒有李泓那樣認定徐遙是不祥之人的偏見，但他的確能看見徐遙身上一層層纏繞的迷霧。而那迷霧之後，到底是澄澈的天地，還是凶險的叢林？沒有人能確切說明。他無法阻止，卻也不希望對他而言就像弟弟一樣的李秩拿自己當作賭注一探究竟。

唉，要是以後他的孩子也迷上一個這樣的人該怎麼辦呢……

張藍想著想著，又陷入了父親的思考模式，好一會，他終於決定，等這個案子結束，他就去進行產前心理輔導。

翌日早上，李秩在化驗結果出來之前去了一趟醫院——他知道徐遙在猶豫什麼，他也同樣覺得李陽華和這個案件有莫名的關聯，與其猜測，不如直接詢問。

「李陽華先生？」李秩來到李陽華的病房，門開著，一個護士正在幫他抽血，「對不起，我打擾你們了嗎？」

「沒有，只是例行檢查。」護士收拾好東西，因為高醫生打過招呼，她知道李秩的身分和來意，「雖然他已經好很多了，但還是請不要太刺激病人。」

「我沒事，李警官不必擔心。」李陽華卻開口道，「我癲癇發作是生理原因，跟情緒沒關係。」

「李先生能理解就好了。」這是李秩第一次清楚地看到李陽華的模樣，他雖然個子瘦小、臉色蒼白，但跟李秩想像中的氣質很不一樣。他沒有一點為命途所累的疲憊羸弱，看起來像是一個長期臥病在床的天才學者，虛弱的身體也無法掩蓋智慧的那種感覺，「李先生精神還好的話，我想問你一些問題。」

「是關於顧太太的事情吧？」李陽華一臉「深表同情」，「我姐跟我說了，真的很可憐。不過我跟他們的交集也只有在當保全的半年左右的時間，後來我一時貪念，丟了工作，實在沒有什麼資訊可以提供給你了。」

李陽華的談吐讓李秩不由自主地坐直了身體：「李先生，聽你說話，很像是受過高等教育的人，為什麼會選擇去當保全呢？」

李陽華苦笑：「李警官，你應該有查過我的病歷吧？我是在這間醫院出生的，從出生開始就一直大小病不斷，我能活下來已經是奇蹟了。而且癲癇發作沒有任何規律，輕微的時候只是意識混沌，像睡著了一樣毫無知覺；嚴重的話，就會像現在這樣，敢問有哪間公司願意聘請我這種人？我嘗試過很多工作，一開始大家知道我不容易，都說會體諒我，但是沒有一個企業能體諒我超過一年。我也不怪他們，畢竟我真的為大家帶來了很多麻煩。」

「那我們還是說回跟受害者有關的事情吧，請你說說你跟顧芳菲還有顧楚輝的交集。」

李陽華皺起眉頭，像是被識破什麼似地嘆了口氣：「你這樣問，想必也知道其實顧楚輝就是我姐姐的前夫了吧？」

「哦？」李秩挑了下眉，「你姐姐也知道了？」

「不，我沒告訴姐姐，這樣也太傷害她了。」李陽華搖頭，「兩年多前，我無意中在值勤的社區裡發現了顧楚輝，他以前的名字叫顧國斌。然後又得知他娶了顧芳菲，我曾經聽社區的保全們談論她，知道她的過去並不光彩。老實說，我也為姐姐感到不忿，她哪裡都比不上我姐姐，可是人家年輕漂亮，身體健康，不像我們家族的基因。我也不能指責他什麼，只是警告他一下，叫他避開我姐姐的工作和生活區域，不要讓她徒增傷感。誰知道他的老婆居然成為了我姐姐的客戶，這個世界的緣分真是很難解釋啊。」

「你說顧芳菲勝在年輕健康，可是顧楚輝卻一直拒絕要孩子，這件事你知道嗎？」

「啊？」李陽華詫異極了，「他不要孩子？難道他是害怕再生出像小範那樣的孩子嗎？那他大概是檢查過自己的精子，知道自己也有問題吧。如果是這樣，我倒是可以放心告訴姐姐了，她這麼多年都以為是我們家族的基因不好才害了小範的。」

「這個我們會去查證，話說回來，你介意說一下那件盜竊案件嗎？」李秩仔細地觀察著李陽華的一言一行，他有種奇怪的既視感，彷彿在什麼電影裡見過像李陽華這樣的人——他在飾演一個天才病人，而不是真的天才病人，但他沉浸在這種與病魔抗爭的人設裡，完全不可自拔——那他就順著他的意思演下去好了，「李先生這樣的談吐跟眼界，應該不是那種會因為一時貪心就去偷東西的人。」

「唉，說起來也很丟臉，我只是一時著魔了。」李陽華不好意思地搔了搔腦袋，大概是為了方便照顧和治療，他的頭髮剪得很短，硬漢風格的板寸跟他的形象很不符合，「李警官，我是個船迷，從小就對航海和船隻特別感興趣。那時候社區裡有個造船廠的工程師，他家裡有很多各種風格的船隻模型，我跟他聊過幾次，他說過會邀請我去他家玩，但他經常很忙，都不在家。有一天，我終於忍不住，就自己跑了進去，結果又忍不住把一個模型帶走了……唉，別人都是偷錢，我卻偷了不值錢的東西……」

「那名工程師也知道你是愛船心切，所以才簽了和解協議書。」李秩明白過來，「李先生對船的愛好真是不挑，從機械到哲學，連愛情小說都不放過。」

「李警官，你知道忒修斯之船的悖論嗎？」

「有稍微瞭解過。」

「那你的答案是什麼呢？」李陽華很感興趣地看著李秩，「你覺得那還是原來的船嗎？如果是，為什麼呢？如果不是，又是為什麼呢？而且，是從什麼時候開始不是的呢？」

李秩笑道：「我不太懂這種問題，對於我來說，船只要不會下沉、能夠使用，是不是原來的船都無所謂。你說是也行，不是也行，沒有理由，因為我不在乎。」

「但這是個哲學問題，你不能考慮實際上能不能用，也不是你在乎不在乎的問題，你總該有一個想法吧？」李陽華卻堅決要得到一個答案，「比方說，別人問你：這是十年前的那艘船嗎？你會怎麼回答？」

「我當然回答是，因為船隻的登記牌照沒變。」李秩點頭，「如果有一天規定這樣的船要換牌照，那就不是了。」

「……所以李警官是實用主義者，你不會考慮真理，只要能夠解決現實問題就好了。」李陽華露出一個介於普通微笑和嘲諷之間的表情，「大多數人都是這樣，不會去追究腦子裡的想法到底來自何方。就像我們只關心船隻的去向，卻不關心它的來源。」

李秩輕笑一下，這種透過詭辯來為對方人格貼標籤的方法可以說是相當冒犯，但正如他所說的，他不在乎這種問題，更不會在乎由此而被貼上什麼標籤：「真理留給其他人追求吧，我是警察，我只追求真相。李先生，再請問你一件事，你有從顧楚輝那裡得到什麼東西嗎？不是說你勒索他，只是有沒有隨手拿走小東西，比如文具或者玩具樣品之類的？」

李陽華見李秩完全沒興趣談論這個問題，也失去了辯論的興趣：「沒有，我只是在社區裡和他談話，沒有去過他辦公的地方。」

「好的，謝謝你的配合。」李秩站了起來，輕輕拍了拍他的肩膀，「你好好休息。」

李陽華笑了笑，他真的十分羸弱，李秩觸碰到他的肩膀，真的只有骨頭。

李秩起身離開，卻在走到門口時嚇了一跳。只見徐遙以一個側耳傾聽的姿勢靠在門邊，他抱著手臂抿著唇，一副沉思的模樣。

「徐遙？」李秩驚叫前還記得先把門快速關上，「你怎麼會在這裡？你在這多久了？」

「大概從李陽華胡扯什麼緣分不緣分的時候來的。」徐遙換了個姿勢，抬起眼來，平日裡已經一臉不屑的表情現在更多了兩分看戲的輕蔑，「我得感謝你，要不是你先開始詢問，就換我要去忍受這樣劣質的表演了。」

「你也覺得他在演戲？」李秩一邊說一邊帶著徐遙往外走，「但我沒有覺得他說的話有什麼嫌疑，他說的所有東西都是可以證明的，我們很容易就能找到那些社區保全和那個工程師求證，他沒必要說這種謊話。」

「我並不是說他在說謊，我說的表演，是他的言行舉止。」徐遙想了想如何解釋清楚，「舉個例子，一個老師，明明三十分鐘之前，他還窩在被窩裡念著『我不想上班我只想躺著我沒有工作理想我的理想是不工作』，但三十分鐘後，他就神采奕奕地站在講臺上，對底下昏昏欲睡的學生訓話『你們現在不努力就會被人超越你們光是學習沒有夢想這樣學習當然沒有動力』。他對學生說的話是真心誠意的，他是真的為了他們好才這樣說。講臺上的狀態是他的社會身分，他自己再怎麼消極厭世，但當他開始演繹自己的社會身分時，就彷彿變成另一個人。」

李秩聽得一知半解：「那你的意思是，他剛剛是在演繹一個久病纏身的學者，但他其實不是這種人？」

「老師的社會身分是工作賦予的，演繹得好能獲得回報，取得更好的收入，或是更高層次一點，會得到學生的認可，這是一種高階的心理滿足。而李陽華為什麼要演繹這樣一個學者呢？顯然這個身分並不會為他帶來經濟的滿足……」

「所以是為了得到心理上的滿足，」李秩恍然大悟，「所以他控制著文雅的談吐，又跟我說很多哲理的東西，甚至像心理醫生似地居高臨下評論我的性格，這都是為了得到自己是一個飽讀詩書的學者的心理滿足？」

「差不多吧，他的身體這麼糟糕，除了思想他還能怎麼滿足自己的心理需求呢？」徐遙聳聳肩，「他說你是實用主義者的時候，我還有點擔心你會生氣，擾亂了詢問的重點。」

「這時候我就要叫你一聲徐老師了，」李秩在一臺自動販賣機前站定，買了一瓶熱咖啡，塞到徐遙手裡——十二月的早晨寒冷刺骨，徐遙卻連手套都沒戴，「你不是跟我說過，忒修斯之船是關於同一性的思考嗎？而實用主義也好，經驗主義也好，人本主義也好，這些都是討論行動準則的，李陽華連這兩個問題的研究對象都沒搞清楚就來評判我，那我幹嘛生氣呢？」

徐遙把那罐咖啡放在兩手掌心間滾動：「這麼說，是我教導有方了？」

「嗯，你說過的、你寫過的、你做過的一切，我都會記得。所以就算你不在我身邊，我也覺得你在為我出謀劃策。」李秩看著徐遙像貓咪玩毛線球一樣滾著咖啡罐，極力壓抑著才沒有抬手去揉他那頭栗色捲髮。「我昨晚說的……」

「我知道你要說什麼。」徐遙依舊垂著眼睛，咖啡罐在他指掌間緩慢地滾動，燙紅了他的掌心，「但是我現在不是能思考這個問題的狀態。」

「喔……」李秩一下子想起之前看過的日劇——當女孩子說「我現在不想談戀愛」，她的潛臺詞是「我現在不想和你談戀愛，但換成A君我就想了」。

「你可不可以等我解決了我的個人煩惱以後，再來討論這個問題。」

徐遙說這句話的時候，依舊是冷漠且不在乎的語氣，平靜得李秩幾乎感覺不到他說這句話時的情緒——除了那扣在咖啡罐上的、十根用力得指節泛白的纖長手指。

「好，我都聽你的。」李秩覆住他的手，「先去吃早餐吧，化驗結果應該出來了。」

「……嗯。」

徐遙也沒發現，他這一聲簡單的附和，已經讓兩人的臉頰染上些許緋紅。

李秩和徐遙隨便吃了點東西便趕往化驗所。拿報告的時候，李秩才知道化驗所的所長任芊芊跟張紅是好姐妹，親自熬夜幫他們化驗。

「這樣才不會影響其他案件的進度又能讓你們插隊。」

「謝謝妳任所長。」李秩趕緊鞠躬道謝，「真不好意思……」

「辦案有什麼不好意思的。」任芊芊把報告交給李秩，簡單解釋，「裡面的成分都很正常，要說有什麼特別的話，就是安眠的成分多了一點，但也不至於讓人昏迷，是一款助眠效果不錯的薰香。」

「那就是說點燃以後，處於那個空間的人會很容易睡著是嗎？」徐遙徑直從李秩手上拿過報告，快速瀏覽裡面的各種成分，「睡得很熟嗎？」

「只要不是患有嚴重失眠，基本都能睡得很安穩，但不建議經常點，會形成依賴性。另外，樣品一和樣品二裡有褪黑素的成分，不建議孕婦使用。」

李秩眉頭一皺，樣品一和樣品二正是梁晨和顧芳菲家裡的薰香：「樣品三裡沒有這個成分是嗎？」

「沒有，樣品三裡是正常的植物精油，薰衣草和洋甘菊等等，沒有褪黑素。」

徐遙問：「褪黑素也可以以蒸汽形式吸入嗎？我以為只能口服。」

「褪黑素可以溶解在精油裡，透過加熱，以蒸汽的形式吸入，比口服的成癮性低。」任芊芊看了看徐遙的眼睛，儘管他戴著眼鏡，但黑眼圈還是非常明顯，馬上明白他為什麼對褪黑素的助眠功能那麼熟悉，「國外有一些吸入式的助眠棒，就是這個原理。除了褪黑素有點奇怪之外，其他成分都沒什麼問題，希望能幫到你們。」

「謝謝任所長，這份報告對我們幫助很大。」

李秩道謝過後便和徐遙離開，並打電話給張藍彙報情況：「我覺得現在已經有足夠多的疑問需要李月華解釋了，我馬上去孕婦護理中心找她？」

「不，直接把人帶回來吧，相關文件之後再補。」

「啊？」

「剛剛我們查到了，李陽華名下有一個健身俱樂部的儲物櫃，但他根本不可能去健身，我們和俱樂部的人員確認過，來辦卡租櫃子的是個女人，店員認得那是李月華。」張藍的話透著「人贓俱獲」的篤定，「而櫃子裡有好幾盒美服培酮片，還有米索，都是能讓孕婦流產的藥物。」

李秩拿著手機發呆，徐遙察覺到不對勁，碰了碰他的手肘：「怎麼了？」

「沒事，我知道了，我馬上把李月華帶回警局。」李秩回過神來，掛斷電話，跟徐遙說了新的進展。

徐遙皺眉：「李月華不符合側寫啊……下毒的人多數個性陰沉，不敢正面衝突，不能說是膽小，但沒有那種氣魄，李月華那麼堅強，真要報復前夫也不會禍及梁晨……」

「我覺得事情有點亂，是不是我們一開始就搞錯了，這不是一個報復性下毒案件，而是有針對性地殺人呢？」李秩忽然道，「只不過被殺害的是還沒有出生的嬰兒，犯人仇恨的不是孕婦，而是那些胎兒。」

徐遙一愣：「你怎麼忽然這麼想？」

「我昨晚把那本《忒修斯之船和她的船長》看完了，裡面有一個男人，他和另一個女人毫無瓜葛，完全不認識，但那個女人和他父親外遇，懷了他父親的孩子，他害怕私生子奪走他的家產，所以設計讓她流產。」李秩道，「梁晨和顧芳菲實在沒有共同點了，我們何不考慮一下會不會有共同之處的反而是這些沒出生的嬰兒？」

「你的假設很好，但我們要大膽假設，小心求證，」徐遙拍拍有些焦躁的李秩。他既沒有否定李秩的假設，也把他拉回了比較現實的調查軌道上，「先去李月華那邊求證一下吧。」

「好。」

李月華再見到李秩和徐遙的時候深感不解，而得知為何傳喚她時，她深呼吸了一口氣，冷靜地走到櫃檯，吩咐助理打電話給她最近三天的客戶，說她兒子出事她要請假照顧。櫃檯助理疑惑地看了看跟在她身後的兩個男人，唯唯諾諾地說「好」。

「小範也不是故意傷人，妳不必擔心。」徐遙忽然開口，用足以讓助理聽見的音量說道，「只是鬧脾氣砸了東西，那個被砸中的路人也沒有什麼大礙，只是家長必須出面，請妳理解。」

「小範砸到人了？」助理的眼睛頓時亮了，從懷疑變成關切，「小範沒嚇到吧？」

「哦，沒事，他、他沒什麼事，只是要我陪著。他是無行為能力的人嘛，我身為監護人是要負全責的。」李月華沒料到徐遙會幫她圓謊，只能順著他的話敷衍兩句，「妳不要向客戶說得太詳細，就說小範生病就好了。」

「沒問題，我一定不會多嘴。」助理還對李秩他們說道，「小範一定不是故意的，請你們多多體諒。」

「我們會公事公辦。」

李秩說罷，就帶著李月華上車。徐遙和李月華一併坐在汽車後座，李月華對徐遙說了句「多謝」。

徐遙淡然道：「我在美國讀書的時候，有一個同學的哥哥是個前途無量的飛機工程師，但某天他被FBI帶回去訊問，雖然結果他是無辜的，但就因為他被帶走的這一幕，讓他成為了一個墨西哥毒販、賭場老闆和操縱股市的黑手；因為是華裔，還變成了間諜。轉眼間，每個人都有不存在的證據證明他這些厲害的身分，最終他從大樓樓頂跳了下去。」

李月華愣住了，徐遙沒有繼續說下去，他抱著手臂靠在後座，閉目養神。

那個同學就是白源峰，從那以後他便決定回國，決心在國內創立完善的心理精神評估體制，幫助那些遭受精神折磨的人。

流言可以摧毀一個人，也可以成就一個人。徐遙想，那他自己，到底是會被毀滅還是被成就？

李秩一路沉默地開著車，好像聽見了也好像沒聽見，嚴肅森然的表情看不出一點情緒。

終於回到局裡，李秩和魏曉萌去幫李月華做筆錄，張藍和徐遙在監控室觀察。

「李月華，妳認識這個人嗎？」魏曉萌一上來就抓住了最大的動機，她把一張男人的照片放到桌面上讓李月華辨認。

李月華看了看，修得細緻的眉毛挑了挑：「認得，這是我的前夫顧國斌，雖然老了很多，但我還是認得他。」

「那妳看看這張照片，又認不認識其中的人？」魏曉萌又放了一張照片出來，卻是顧芳菲和顧楚輝的結婚照。

李月華的眼睛猛地瞪大，她腰部挺直，目光死死盯著照片中的那對夫婦：「怎麼會……不是，顧芳菲登記的老公名字不是他……」

「顧國斌之前做生意欠了一大筆債，逃離悅城一段時間，大概是害怕被人追債吧，所以改了名字。」魏曉萌道，「妳真的不知道顧國斌，也就是顧楚輝娶的女人是顧芳菲？妳沒有嫉妒她搶了妳的老公，還懷了一個健康的寶寶？」

「我真的不知道！」李月華既驚訝又著急，「我根本不知道他現在是顧芳菲的老公，我怎麼可能嫉妒顧芳菲呢？」

「那請妳解釋一下，為什麼梁晨和顧芳菲家裡都有同一種薰香？」李秩拿出薰香的證物照，「而且妳的辦公室裡也有同樣的薰香。」

「這是週年慶的時候，公司讓我們送給顧客的，」李月華解釋道，「所有顧客都有，不是我私人贈送。」

「那麼禮物是公司郵寄到她們家，還是由導師送給顧客？」

李月華臉色一沉：「是導師負責分配……但包裝都是完整的，我沒有動過手腳。」

「我們查過了，這款薰香套組使用松木旋轉蓋子，沒有蠟封或塑封，並不能從外觀上辨認是否被打開過。」李秩又拿出了薰香的鑑定報告，「經過取證化驗，在梁晨和顧芳菲家裡的薰香都加入了褪黑素，但是在妳的辦公室裡的薰香卻沒有，證明有人打開過這兩瓶薰香，並且加入了褪黑素。褪黑素雖然能幫助睡眠，但孕婦不宜使用，所以不可能是她們自己添加進去的。那麼能接觸到這些薰香的人就只有妳了。」

李月華聽著李秩的話，嘴巴微張，她知道一切都對她不利，但她卻連反駁都不知道該從何反駁：「我沒有加過什麼褪黑素，我真的沒有動過，上面都貼著名字，公司發給我，我就送給她們，就這樣而已，我連打開確認都沒有打開過！」

「那這個儲物櫃妳又要怎麼解釋？」魏曉萌也跟上了李秩的節奏，步步緊逼，「健身俱樂部的人認得妳，妳為什麼要用弟弟的名義去辦卡租一個儲物櫃呢？是要藏什麼不能見人的東西嗎？」

「我只是覺得那裡距離公司比較近，我的孩子情況又很特殊，我就把一些應急的東西放進去，方便取用，不用再回家拿而已。」李月華兩手緊緊抓在一起，「你們該不會從裡面找到什麼奇怪的東西吧？」

「我們找到了一批之前市立衛生所報失的藥品，美服培酮和米索。」李秩深深地嘆了口氣，「妳是兩個孕婦的導師，她們都聽妳的建議，在白天午睡時點燃薰香，選擇白天是為了躲開她們的老公；妳打電話確認她們已經進入深度睡眠後，利用事先配好的鑰匙進屋，用氯仿之類的東西把她們迷暈，再讓她們吃下美服培酮。妳整理好一切後離開，孕婦們只會以為自己午睡久了，並不知道自己是在睡眠中被迷暈，更不知道自己已經服下墮胎藥。妳利用她們的信任，殺害了她們的孩子，就因為妳嫉妒那些健康的孩子，是不是？」

「不是！我沒有！我真的不知道為什麼會有這些藥！我真的不知道！」

李月華那堅強的外殼第一次被徹底擊碎，這些線索可以說得上是鐵證如山，但是她沒有做過，她真的沒有做過！

「那些藥不是我的！真的不是我的！你們調查清楚好不好？我真的沒有做過這種可怕的事情！求求你們相信我！我真的沒有做過！」李月華兩手撐著額頭，聲音都帶了哭腔，「不是我……我沒做過……我不可以坐牢，我不可以離開我兒子……我真的沒有……」

李秩和魏曉萌互看一眼，李秩先起身離開，讓魏曉萌接著用軟性的方式勸說。

他來到監控室，徐遙的第一句話就是：「她沒有說謊。」

李秩有點不敢相信：「完全沒有？一點都沒有？」

「你每次提出一個新證據，她的驚訝都是真的，」徐遙比了比眼角和額頭幾條肌肉的位置，「當你真正驚訝的時候，這些肌肉都會上提，普通人演繹驚訝只會瞪眼和張嘴，除非是接受過專業的表演訓練，不然是不知道該如何運用這些肌肉的。」

「那這是怎麼回事，難道真的有人栽贓嫁禍給她嗎？」李秩看著手中的證據，無法相信它們竟然是捏造的，「這麼嚴密的證物鏈……」

「但這麼嚴密的證物鏈卻缺少了一個關鍵性的證據，比如拍到李月華直接接觸那些藥物，或者她出入兩個孕婦居住社區的監控錄影。」張藍問李秩，「你不覺得這些證物好像在引導我們往一個方向，卻又沒有向你展示真正的目的地，只是讓我們順理成章地推斷出現在的結果嗎？」

「犯人不是李月華，不代表這些證據就是假的或者無用的，而線索引導的方向也未必是錯的，只是我們來到了分叉路口，卻只看見一條規整平坦的道路，沒有發現另一條被障礙物遮擋的小路而已。」徐遙忽然抓住李秩的手臂，「你記得李陽華說他偷了一個工程師家的東西嗎？如果他偷的不是普通的模型，而是一些別的東西呢？」

「嗯？」李秩愣了一下，「但是這麼容易拆穿的謊言，他……」

「這就是遮掩岔路的障礙，我們都認為這麼容易拆穿的事情他一定不會說謊，所以都沒有去求證，而他渴望自己成為的社會角色是一個天才，他應該很享受這種把祕密放在警察眼底下卻沒有被發現的成就感。」徐遙的話讓李秩回想起李陽華那一堆訓話，他連連點頭贊成，徐遙繼續說道：「我們去找一下那個工程師，看看他到底是不是另一條岔路。」

「這是當初的報案紀錄。」張藍把紀錄遞給李秩，「我和王俊麟去梁晨和顧芳菲家裡一趟，看看有沒有你和曉萌遺漏的盲點。」

「多留意一下梁晨，」徐遙道，「目前來說，她跟李陽華還是李月華都關係不大，我覺得她成為受害者有點突兀。」

「好，盡快行動吧，不能再拖了。」

張藍沒把話說死，但根據經驗，三天內沒有找到關鍵證據的話，越往後破案的機率就越渺茫，而今天已經是第三天了。李秩明白他的言外之意，用力點了點頭，便快速前往那個紀錄登記的住址，希望那個工程師沒有搬家。

根據紀錄，那個工程師叫鄺俊文，住在顧芳菲社區裡觀景最好的南區五棟七〇三，光是鍍銀的門框就顯示出這裡的住戶都是高收入族群了。

李秩按了七〇三的門鈴，過了一會，防盜對講機傳來應答，是個女人的聲音：「請問你們是誰？」

「妳好，我是永安區警察局的李秩，麻煩開一下門，我們有一個案件……」

「都過去兩年多了你們還不肯放過我嗎?!」門忽然一下子打開了，卻見一個長髮女人——看樣子是鄺俊文的太太鄺思瑤——匡地打開了門，又怨又怒地朝李秩喊道，「你們已經害我丟了工作！現在還要繼續汙蔑我嗎？」

李秩一愣，徐遙向她比了個少安勿躁的手勢：「這位是鄺太太吧？我們是要找鄺先生，請妳別誤會。」

「怎麼會牽扯到我先生？你們不要再這樣汙蔑人！他可是洛克公司工程部的主管，怎麼會去偷幾盒墮胎藥！」

李秩跟徐遙聽到「墮胎藥」頓時兩眼發光，李秩眼明手快地撐住門板，阻止她關門：「鄺太太，妳聽我說，現在有了新的線索，可以洗刷妳的冤情。遺失的是市立衛生所的美服培酮和米索對不對，我們找到那批藥了。」

鄺思瑤鬆開了想要關門的手，神情可以說是喜出望外：「藥找到了？在哪裡找到的？」

「我們可不可以進屋再說？」

李秩指了指屋裡，鄺思瑤猶豫了一下，讓開身體：「剛剛是我太激動了，請多多包涵。」

「沒關係，我們只是想知道真相。」一進屋，李秩便打量起屋內的布置，的確如李陽華所言，屋子裡到處可見船隻模型，連相框都是船的圖案。而在餐廳的另一端，更是有一整面牆的陳列櫃，裡面擺滿大小不一的船隻模型，從帆船到軍艦，無所不有，「鄺太太，是妳還是妳先生喜歡船？」

「我先生，他從小到大都很喜歡船隻，現在也在從事相關的工作。」鄺思瑤幫他們倒了兩杯水，「李警官，那批藥到底是在哪裡找到的？是誰拿走了？害我被冤枉了兩年多？」

徐遙故意說謊：「鄺太太妳好，我叫徐遙，是新來的，不太清楚之前的案情，請問妳的工作是？」

鄺思瑤嘆口氣：「我本來是市立衛生所的中級藥劑師，就因為弄丟了這批藥品，我的人事檔案因此有了汙點，根本沒有醫院敢用我，現在只能在藥局當店員。」

徐遙心下了然：「我們是在你們之前的社區保全李陽華的家裡找到這些藥的，就是兩年前在妳家偷東西的那個社區保全。」

「啊？」鄺思瑤詫異極了，「他？他怎麼會……不是，他一個男人要那種藥幹嘛？他也不像有女朋友的人……」

「鄺太太，請問妳除了船隻的模型外，還有丟失其他物品嗎？」李秩問，「比如工作證、醫院辦公室的鑰匙等等？」

鄺思瑤搖頭：「沒有，如果那麼重要的東西不見了，我一定會發現的。」

「妳還記得當初被偷的船隻模型放在哪裡嗎？」徐遙欣賞了一會那面讓人嘆為觀止的展示櫃，才轉身問道。

「我記得，是放在這裡的。」鄺思瑤指了指第三層格板，「是一艘很可愛的小帆船，因為船帆上的圖案是我的畫的，我記得特別清楚。」

「那帆船是多小？」

「大概……」鄺思瑤想了想，兩手併攏在一起，圈出一個直徑大約二十公分的圓，「這麼大吧？」

徐遙的眼睛一片清亮，遮掩岔路的雜草全都拔乾淨了，他連這條路的終點都看得無比清晰——除了一點，為什麼要走這條路呢？

「最後我想問一下，當初妳為什麼會被冤枉是偷藥的人？」

鄺思瑤眉頭深鎖：「其實我也不知道，為什麼那天晚上藥品庫會有我的刷卡紀錄，明明卡片一直都在我這裡，而監控錄影又正好壞了……」

「妳不要太擔心，我想真相很快就會水落石出，還妳一個公道的。」徐遙走過去對李秩使了個眼色，李秩便起身跟著他離開。

兩人一離開屋子，李秩馬上打電話給張藍，徐遙看他一眼：「你也猜到了？」

「這太明顯了，李陽華不是來偷模型，而是來複製鄺思瑤的卡片的。那個小帆船的位置順手，體積小容易拿，所以他拿一個來掩飾自己真正的目的而已。他兩年多前就已經偷了藥，但那時候梁晨和顧芳菲還沒懷孕，他要給誰吃這些藥？」李秩大惑不解，雖然明明是他自己給出的假設，但假設成真的時候，還是讓他不寒而慄，「他針對的真的是胎兒而不是大人，他就是要讓他們無法出生。可能之前也有受害者，只是受害者以為自己是普通流產所以沒有報案。」

「還有駭客程式，洛克公司之前爆出醜聞，說他們利用駭客軟體盜取競爭對手的資料，我想李陽華應該也同時複製了鄺俊文的資料，然後用同樣的手法，駭掉健身俱樂部的監控影像，複製了儲物櫃的電子鑰匙，像嫁禍鄺思瑤一樣嫁禍給他的姐姐。」徐遙正說著，李秩總算接通了張藍的電話，「隊長，重大發現！」

「我這邊也有重大發現。」張藍此時正坐在李月華家的沙發上，讓王俊麟把搜到的證物都放進證物袋，「但你可以先說。」

「隊長，你是不是找到了複製卡片的機器跟一些複製的電子鑰匙？」

「欸，你是怎麼知道的？」張藍正準備得意的情緒低落了下來，「你們那邊發現什麼了？」

「兩年前，李陽華在他工作的社區裡偷偷複製了一個在市立衛生所工作的藥劑師的工作卡片，應該還複製了一個商業級別的駭客程式，所以他駭掉監控，偷走了那批藥，嫁禍給那個藥劑師，而自己則用偷模型的小糾紛掩飾過去。」李秩道，「現在他應該也是用同樣的手法嫁禍給他的姐姐。」

「可以啊，還多查清了一件案子，不錯不錯。」張藍很是滿意，「這次人贓俱獲，我看李陽華還有什麼藉口？」

「等等，你們有誰知道李陽華現在還在不在醫院？」徐遙忽然一個寒顫，沒有理由的直覺讓他感覺到一絲不祥預兆，「還有，李月華被逮捕了，那小範現在在哪裡？」

「小範在特殊學校……啊！」李秩反應過來，不禁驚叫一聲。

「我讓轄區警察立刻去醫院，你們馬上趕去特殊學校！」也許是即將成為父母，張藍幾乎是用吼地說道，「不能讓孩子出事！」

「是！」

悅城日暮的天色漸漸抹上了淡淡的灰紫，天幕之下，川流不息的車輛和行色匆匆的人群，合奏出了和通勤時間截然不同的旋律。早上有多麼不情不願，晚上就有多麼歸心似箭。

在四處喧鬧的城市裡，唯一安靜的也許只有公園。下棋散步的老人拿著籃子去市場了，孩子被剛下班拖著疲憊身軀來接送的父母趕回家吃飯寫作業，空蕩蕩的社區公園裡，只有一座鞦韆傳來吱呀吱呀的響聲。

小範坐在鞦韆上，搖搖晃晃的不實在感讓他有點害怕，他緊緊攬住其中一條吊索，但他沒有哭鬧，些微的恐懼沒有戰勝貪玩的心情，他感受到腳掌離地的搖盪，連平日呆滯的眼神也多了些許亮光。

李陽華在鞦韆隔壁的花圃邊坐著，他手裡拿著一張手工紙，正在折一只紙船。

「船！船！」小範認得紙船，伸手討要，但他一鬆手就害怕，只能抓緊吊索，眼巴巴地看著李陽華，著急地叫喊。

李陽華一隻手撐著膝蓋站了起來，剛出院的他還有些虛弱，他把紙船交到小範手裡，小範高興極了，捧著紙船愛不釋手，李陽華走到他身後，輕輕推動著小範的鞦韆。

「馬上離開那個孩子。」

李陽華的手停在半空中，他抬起頭來，看見一個穿棕色皮衣外套的男人，他握著手槍，以警戒的姿勢在三公尺外對他發出警告：「舉起手，慢慢走開。」

李陽華抬起眼來看了看來人：「我一個孱弱病人，又沒有武器，小範發脾氣的時候都能把我推倒，把槍收起來吧，張藍隊長。」

「李陽華，你涉嫌下毒使他人重傷，我們已經找到了關鍵證據。」張藍收了槍，「麻煩合作一點，不要作無謂的抵抗。」

「關鍵證據？」李陽華笑了起來，「怎麼關鍵？是拍到我下毒還是我去偷藥？無論你在我家找到什麼，別忘了，那也是我姐姐的家，你們推斷我做了什麼，她也一樣有嫌疑，而且她的動機明確，我的動機又是什麼呢？」

「你還記得李月華是你姐姐啊？」張藍「呵」了一聲，「你的健康情況那麼差，連你父親都因此拋棄了這個家，她一個十歲的小女孩卻一直沒有放棄你，照顧你，不說什麼報答，你就忍心這樣誣陷她？」

「如果情況反過來我也願意照顧她，所以在你們逮捕我姐以後，我也不會放棄小範的，你們放心。」李陽華摸了摸小範的頭，小範回頭朝他微笑，「不管她要坐牢多久，我都會盡我所能照顧好小範的……」

「你不會。」這時，只聽見徐遙的聲音傳了過來。李秩和他跑步趕到，徐遙直衝到了和李陽華面對面的位置，兩人相隔不過十步，他盯著李陽華的眼睛，「因為你恨他，你很想控制自己不去恨他，但是你控制不了，早晚有一天你會對他動手的。」

李陽華皺眉，詫異地打量著這個素未謀面的人，他覺得他的聲音有點耳熟，卻想不起來徐遙就是那個救助過他的人：「你是誰？憑什麼這樣說？」

「我是誰不重要，重要的是，你是誰？李陽華還是李日華？」

這個問題讓李陽華的臉色瞬間白了，他一直鎮定僵硬的面具外殼，被徐遙的話敲出了裂紋：「我不知道你在說什麼……」

「我不是警察，我對你有沒有毒害那兩個孕婦沒興趣，我只是想知道，當你知道真相的時候，你是什麼感覺？」徐遙聳聳肩，「如果你還能確定那個感覺真的是由『你』產生的話。」

張藍聽得一頭霧水，他問李秩：「徐遙在說什麼？」

「我們去了一趟婦幼醫院，所以晚了一點，但是我們發現了非常重要的東西。」李秩道，「他的動機。」

「你從出生開始就一直很虛弱，我們調取了最詳細的醫療紀錄，你甚至在出生那天就已經發生全身的抽搐癲癇，能活下來都可以說是奇蹟了。這四十幾年來，你的就醫紀錄簡直可以出書了，而這其中，有一次就醫紀錄卻很奇怪，那不是發病時的治療紀錄，而是一份化驗紀錄。」徐遙道，「在三年多前，你去化驗了自己的DNA，可是對比的內容卻很奇怪，你要對比的是自己的腦漿細胞和皮膚細胞，而更奇怪的是，這兩者居然是不一樣的。」

張藍瞪大了眼睛：「啊?!」

「醫學上有一種現象叫『喀邁拉現象』，也就是嵌合體，是指一個人身體裡攜帶著四套或更多的DNA。」徐遙沒理會張藍的驚訝，繼續看著李陽華的眼睛，「有時候雙胞胎的其中一個發育不良，另一個會吸收掉它，被吸收掉的那一個一般情況下會就此消失，但也有一定機率發育成健康個體中的一部分，那一部分的細胞所攜帶的DNA會和該個體不同，很極端的情況下會發育成個一個完整的器官。美國曾經有一個男人，發現自己的子女不是自己親生的，他們的父親應該是自己的兄弟，可是他根本沒有兄弟，最後檢查發現，是那個被他吸收掉的同胎兄弟發育成了他的生殖器官，所以他孩子的DNA和他大部分個體的DNA是不同的。這個新聞大概是三、四年前的報導，你是看了這個才去驗DNA的嗎？可是我很好奇，你怎麼會想到要驗大腦跟身體呢？」

李陽華沉默了好一會，他知道如果他回答了，那麼接下來的話他就瞞不住了，他只能把真相全都說出來。為了自保他不應該這樣做，他也沒必要回答這個跟孕婦投毒案毫無關聯的問題，但他知道這是他人生中唯一一次可以真正說出自己煩惱的機會，是唯一一次有人陪伴他面對身分認知問題的機會，如果他拒絕了，那麼他的餘生都只會在沒人理解也沒人在乎之中，被不知來源的仇恨吞噬。

忒修斯之船開到了他面前，他無法抗拒登上它。

「因為有個女人毒癮發作，用磚頭敲了我的頭，敲到我流了微量的腦漿。送醫院時，他們要檢查我的腦部傷勢，就幫我做了化驗。那時候我沒有察覺異常，可是我剛好看見了一則電視報導，美國有一個模特兒，她身上有兩套免疫系統，所以她也跟我一樣長年受到病痛折磨，而她的腹部有兩種膚色。我拆紗布的那天，第一次看到我剃光的頭皮上，也有兩種不同的膚色。於是我就去驗了血液，才發現原來我的大腦和身體是不一樣的。」

李陽華說著，嘴角微微抽搐了起來，徐遙怕他癲癇發作，趕緊向小範伸出手，想把他拉到一邊，但小範卻緊緊抱住鞦韆不肯放手。

「我從小就對身邊的小孩抱有極大的恨意，我討厭他們，包括我的姐姐。每次看到她忙前忙後地工作，我只想著為什麼忙碌的人不是我，為什麼能那麼辛苦工作的身體不是我的？我以為這是因為我身體不好，才會嫉妒健康的人。我一直跟自己說這是不對的，我一直想只要我長大了，稍微變得強壯一點，總是會釋懷的。但是沒有，我越長大，對健康小孩的仇恨就越大，我十三歲的時候，村子裡有個懷孕的潑婦罵我姐姐，我順勢推了她一下，看著她跌倒流血，我居然感到很解恨。其他人都以為我是為了幫姐姐出頭，但只有我自己知道，我是想殺死她肚子裡的孩子，和她對我姐姐做了什麼沒有關係。」李陽華摸了摸小範的頭，手滑到了他的脖子上，徐遙忍不住握緊拳頭，「我為自己這樣的想法而恐懼，我看了很多心理學的書，去找心理醫師諮詢，做了很多事情去壓抑自己對那些孩子的仇恨。我一直都很痛苦，直到我知道自己是嵌合體的時候，我反而鬆了一口氣。原來如此，原來我不是我，我是被我吞噬掉的個體。」

「所以你那天問我忒修斯之船到底是不是本來的那艘船，是因為這個嗎？」李秩回憶起他的話，「比起去向何方，你更在乎從何而來……」

「對，李警官，你終於開始明白真相的重要性了。」李陽華露出一個像是嘲笑又像是自嘲的奇怪笑容，「我仇恨那些可以出生的嬰兒，但是這種仇恨到底來自於哪裡？代表腦子的我，被剝奪了大部分的存在；可是代表身體的我，雖然擁有各種器官，卻永遠只能聽命於腦部的我。是哪一個我想要殺死那些嬰兒？罪惡應該歸咎於誰？忒修斯之船是四分五裂的船，但到底是哪個部分決定它到底是不是同一艘船？而現在活著的又是哪個我，是腦子的我，還是身體的我？」

「我不管你有什麼身分認同障礙，基於自然人定義，就是你毒害了兩名無辜的孕婦，我現在必須逮捕你。」

張藍和李秩一左一右地往李陽華靠近，李陽華放在小範脖子上的手稍微用力，徐遙馬上向他們做了個「停」的手勢。

「你問我，我到底是李陽華還是李日華？我也不知道，也許他們都沒有來到這個世界，我誰也不是。」李陽華低頭看著什麼都不知道、只知道朝他笑的小範，「連這樣的孩子都能來到世界上，為什麼我就不行呢？」

「你還是愛他的，不然你也不會到現在還不動手。」徐遙輕輕把手搭在李陽華的手腕上，緩緩把他的手指掰開，「可是你快壓抑不住了，我相信你並不想傷害他，但你阻止不了，不管這個想法是從哪個你而來，那另一個你就要這樣放任他嗎？我可以幫你，你有一輩子的時間讓活在這具身體裡的兩個人和解，不必傷害其他人。」

「活在這具身體裡的兩個人？」李陽華笑了起來，「你說話真有趣……那麼，如果這具身體裡的其中一個人殺了另一個人，算自殺還是他殺？」

「住手！」

只見李陽華猛然把小範往前一推，徐遙趕緊接住了他，而李陽華趁這機會，從口袋裡拿出一把折疊水果刀，直直捅向自己的心臟。張藍和李秩同時撲了過去，但刀刃已經沒入了五、六公分，李秩抓住他的手不讓他繼續往下壓，張藍脫掉外套捂住他受傷的位置，可是李陽華的身體本來就很差，不一會李秩已經感覺不到他的顫抖，連往外湧的血液都慢了下來。張藍探了探他的脈搏，又掀開他的眼皮，瞳孔已經開始擴散了。

李秩和張藍同時嘆了口氣，徐遙抱住大哭大叫的小範，不讓他回頭看見這血腥的場面。

李月華掀開鐵床上的白布，隨之露出的那張蒼白的臉，好像也沒比他活著的時候難看多少。

「我九歲的時候，媽媽很高興地拉著我的手摸著她的肚子，說我會有兩個弟弟。」李月華撫上李陽華的臉，啊，還是有不同的，比他發病的時候還要冰冷，「但是出生的時候卻只有一個，而且身體很差，幾乎要活不下來了。媽媽已經走了，我看著保溫箱裡的他，好小好小啊。這麼小的身體，竟然是靠著兩個人合作才活下去的，他們要是離開了對方，就誰都生存不了了吧？」

「妳認為這是妳兩個弟弟的合作？」徐遙不禁問道，「妳不覺得這個生命很恐怖嗎？」

「心臟壞了可以移植心臟，腎壞了可以移植腎，為什麼要覺得恐怖呢？你們覺得恐怖是因為你們把大腦看得太重要了，但它也不過是一個平凡的器官，決定你是誰的不是你身體中的哪一塊，而是陪在你身邊的人。」李月華替李陽華蓋好白布，順手往手臂下拉了拉，彷彿怕他著涼一般，「他是我的弟弟，是小範的舅舅，這就是他的身分。」

「他最後是以這個身分離開的。」徐遙輕輕拍了拍她的背，「他寧可傷害自己也不想傷害小範。」

「我能不能單獨待一會？」

李月華咬緊牙關，臉頰微微發抖，眼中的淚珠也已經搖搖欲墜。徐遙「嗯」了一聲，張紅和李秩也隨著他一起離開太平間。

即使相隔一道門也無法隔斷那悲慟的號哭，張紅嘆了口氣：「她這麼傷心，我都不好意思問她願不願意把遺體捐獻於科學研究了……畢竟這樣的個案真的是千萬分之一……」

「他已經簽過同意書了。」徐遙卻道，「他在發現自己是嵌合體的時候就已經簽了。我想，他也希望有人能給他一個明確的答案吧。」

「『我是誰』這種哲學問題，我們普通人就不要思考了，那只會讓自己迷失其中。」張紅搖搖頭，她雙手插在口袋裡，對李秩道：「你快回去吧，這一身血跡看起來太嚇人了。」

「喔，我把東西處理完就回去。」李秩說著，皺起了眉頭，「紅姐，隊長最近是不是家裡有什麼事，我感覺他有點悶悶不樂。這次也是，他居然把後續拜託我處理自己先回家了，這絕對不是他平常的行事作風。」

「呃，我這幾天都忙到暈頭轉向，沒發現什麼啊……」張紅雖然是永安區的法醫，但法醫工作量大，到其他地區增援也是常有的事，「我明天問問他。」

徐遙眨了眨眼睛，沒有說話。連妹妹都不知道的話，看來張藍真的還沒有準備要當父親。

「徐老師，我先送你回去吧。」

離開法醫室，李秩從自動販賣機買了一罐熱咖啡給徐遙，一邊塞進他手裡一邊說道：「這個時間不好叫車。」

「我自己回去就好了，還有捷運，你別出去嚇人了。」徐遙說著，把圍巾解了下來，繞到李秩脖子上，鬆鬆垮垮地垂在前襟，擋住了部分血跡，「作案動機你準備怎麼寫？」

李秩一愣：「就按照事實寫啊……因為精神問題而引起的投毒傷人案什麼的……」

徐遙垂下眼睫，又是精神問題。

在剛剛結束的那個刑事商業犯罪裡，孫皓就是利用了很多人的心理弱點。那已經是一種有規模的、可以實際應用的操縱犯罪的行為了。這次又是因為精神方面的原因，而且危害的是嬰幼兒，一定會引起更大的社會反響，就算輿論壓制下去，內部也一定會再次掀起關於成立行為分析小組的討論。林森因為孫皓的關係而暫時緩和的節奏也會回到正軌，他需要更多研究精神科學的精英，這類人才屈指可數，他很有可能會去找白源鋒，也有可能找他。

哦，對了，白源鋒。這兩天他只顧著李陽華的案件，倒是把白源鋒安排他接受孫皓的催眠忘了。他不禁皺著眉頭咋了一下舌。

「其實我覺得李月華說的對，」李秩看徐遙好像陷入沉思，但看他的神情，那段思考應該不算愉快。他抓住徐遙的手讓他握著熱咖啡，然後再覆上自己的手，「船是不是同一艘，對於船本身毫無意義，船沒有思維，它不會在乎，在乎的是人。在乎那艘船是否一樣的人，其實只是在乎這艘船對他來說意義最重大的部分是否發生了改變。」

「嗯？」徐遙愣了愣，「怎麼說？」

「對於一個船長來說，船舵換了就不是同一艘船；對於在甲板上和愛人定情的少年而言，那一方甲板換了，也不是同一艘船。」李秩說道，「而對於追隨多年的船員們來說，換了船長，那就已經不是同一艘船了。」

徐遙笑了：「這是那本什麼愛情小說裡寫的嗎？」

李秩深情的表情快要維持不住了，他有點困窘地笑了笑：「是有一點啟發……不過我覺得李陽華也一樣感覺到了，對於他整個個體而言，到底腦子不同了還是身體不同了都不重要，因為無論出生的是雙胞胎裡的哪一個，他最意義重大的部分都是對家人的愛，他寧可喪失生命，也堅決不會換掉這份感情。他不想傷害自己的家人，於是當他再也無法壓抑殺人的欲望時，便選擇自殺。」

「嗯？」

「他口袋裡帶著水果刀，不可能是專門等著我們去逼死他吧？」李秩道，「那些流暢地把我們指引到那裡去的證據安排得那樣完美，他怎麼會不記得處理掉家裡複製卡片的機器呢？你不是說過，他有一個投入表演的社會人格嗎？那個社會人格是個很有智慧的病弱天才，也許他覺得這樣的投案方式才符合這個人格特徵呢？」

「李秩，你真的是一個很好的讀者。」

「啊？」李秩被這突如其來的誇獎迷惑了，「跟讀者有什麼關係？」

「有時候，一個好的讀者會讀出連作者都沒發現的感情。」徐遙忽然笑了，他拍拍他冒出鬍渣的臉，「獎勵你一篇番外，我回家就寫。」

「啊？真的?!好好好，我特別想知道徐若風大學以前的故事！」

「……不要那麼遠的可不可以？」

張紅站在窗戶邊往外看，直到她把咖啡喝完了，在門口道別的那兩個人還在說話。她翻了個白眼，心想這杯咖啡實在太難下嚥了。

張藍把滿是血跡的外套脫掉抓在手裡，他推開門，沒有馬上打開燈，沙發邊的落地燈照射出一地暖光，那一圈橙黃讓他不忍打破這份靜謐。

時間剛過九點，楊雪雅正靠在沙發上打瞌睡。她的妊娠反應比較嚴重，清醒的時候總是乾嘔，睡著反而舒服一點。而茶几上放著幾本育兒手冊，還有做筆記的本子。

張藍輕手輕腳來到沙發邊，他彎著腰凝視著妻子，輕輕地摸了一下她的臉。

「嗯？」

淺眠的楊雪雅睜開了眼睛，張藍滑到沙發上從後方擁住她：「怎麼不去房間睡？」

「不小心睡著的。」楊雪雅揉揉眼睛，「我去幫你加熱一下晚餐。」

「別忙別忙，我自己弄就好，妳再睡一會。」張藍摸摸她的腹部，「這個小傢伙讓妳辛苦了吧？」

「就是啊。嘴巴挑剔，什麼都不讓我吃，唉，要是像你一樣隨便吃都能長這麼高大就好了。」楊雪雅咯咯笑著。

張藍忍不住反駁：「怎麼把我說得像豬一樣啊？」

夫妻倆明明是在嬉鬧，但張藍擁住楊雪雅的手卻越來越緊，楊雪雅逗了他一會，轉過身來，搭著他的肩膀一邊安撫似地輕拍，一邊柔聲問道：「怎麼了？案子很煩？」

「不煩，早就破案了，只是心裡不太舒服。」張藍嘆氣，「忽然覺得，人要有多幸運才能健康長大，做自己喜歡的工作，遇到自己喜歡的人，而那個人也喜歡你，願意和你組建家庭，生兒育女，白頭偕老呢？」

楊雪雅沒說話，張藍當然不是外表看起來那麼沒心沒肺，但也很少看他這麼哀傷難過，她輕撫著他的手臂，給予他安慰。

「這個世界那麼危險，我真的害怕我保護不了他。」張藍把臉埋進手掌，使勁地揉了揉，「對不起，我不是那個意思……」

「我知道。」楊雪雅伸出手，把他的頭摟進懷裡，「沒事的，沒事的。」

張藍把頭埋進妻子懷裡：「妳陪我去看看心理醫生吧？」

「嗯？」楊雪雅有點詫異，「心理醫生？」

「最近見了太多變態……我不是說以前處理的犯人就不變態，但是感覺不一樣。」張藍低聲地呢喃，「我不能讓這些東西跟著我回家，我不會讓它們靠近我的孩子。」

「它們不會傷害到我們的。」楊雪雅輕拍著老公的背，「我們一起努力。」

張藍攬住妻子的腰，深深地嘆了口氣。他比任何時刻都更加切實體會到自己作為警察的重要，但又比任何時候都更加明白作為父母的無助。

不是你做好自己，犯人就不會盯上你；不是你處處小心，魔爪就會放過你；不是你變得強大美好，罪惡就會遠離你。

我所為之努力奮鬥的世界，卻是一個我都不敢想像我的孩子能否平安成長的世界。

我會是一個好父親嗎？

我，是一個好警察嗎？

# 第六案　回憶畫廊

# THE LAST CRY FOR HELP

孫皓在獄警的押解下，來到了白源鋒的辦公室。白源鋒讓獄警把手銬解開，孫皓揉了揉手腕走進去，便看見早已坐在沙發上等候的徐遙。

孫皓看見徐遙並不驚訝，幫他催眠，找到他父親死亡那天丟失的記憶，這就是他用來交換以精神疾病辯護的籌碼，而且還是徐遙主動提出的交易。

徐遙抬起頭，孫皓剃了頭髮，瘦了一點，看守所的生活對他來說好像沒什麼影響，硬要說有什麼區別，大概是暖男助教的和善已經褪去，取而代之的是凌厲鋒銳的精明，讓人不敢輕易接近。

「徐老師，終於等到這天了。」自從收到徐遙給他的資料，孫皓這半個多月都沉迷於這件案子裡，比自己的案件更感興趣，「我也很想知道那天到底發生了什麼，希望你能對我放下戒備，讓我們一起找出真相。」

「我相信你的專業。」

徐遙沒有正面回答，白源鋒點點頭，端了一盆熱水讓徐遙洗手和洗臉，以達到更好的放鬆狀態。徐遙甚至喝了一口溫牛奶，讓身體也暖和起來。

孫皓看著兩個同行的人自己做前期準備工作，感覺意外地好笑：「別忙了，真正的催眠不是實驗室做實驗，那麼多流程只會讓你更緊張，過來躺下吧。」

「催眠療法就是要按照步驟進行，不然就不會成為一門學科。」白源鋒不同意，

「我知道你習慣利用藥物來達成效果，但那不是真正的催眠，只是讓人變得更糟糕的旁門左道……」

徐遙拉了一下白源鋒的手，示意他不要和孫皓辯論，白源鋒才忍住了。

「你需要的東西我都準備好了，待會我會待在旁邊，但我有一個要求，清醒的訊號是我手上的鈴鐺，鈴鐺必須由我拿著，一旦我發現你有什麼企圖我就會搖鈴，催眠立刻結束。」

孫皓聳聳肩：「我無所謂，隨便。」

「那開始吧。」徐遙坐在躺椅上，將身體調整到最舒服的姿勢，「我現在要閉上眼睛嗎？」

「不用，你像平常那樣躺著休息就可以了，但是請你把你的視線集中在那幅畫的左上角，盡量看著它，直到你覺得眼睛很累才眨眼。好的，請盯著它……是的，保持視線集中，累了就眨一下眼睛。」孫皓不遠不近地坐著，他向白源鋒比了個手勢，後者點起一種薰香，「如果你覺得足夠疲倦了，就可以把眼睛閉上……好，你把眼睛閉上，沒關係，這裡很安全，我們將會去到一個地方，但我們隨時可以回來，當你聽見鈴鐺響起的聲音，無論你在任何地方，都可以馬上回到這裡。你是安全的，不要擔心。」

徐遙想要回答，但他聞到了一股熟悉卻說不上來的香味，他的思緒都被那股香氣吸引了，只吐出一聲悠長的「嗯」。

那到底是什麼味道呢？徐遙絞盡腦汁思考。為了聞得更仔細，他又往香氣的來源跑了兩步，結果越走越遠，直到他面前出現了一片松樹林。

對了，那是松樹林特有的氣味。徐遙抬起頭，那片松林好像有了意識，嘩啦嘩啦地拔高生長，直破雲端，而它們竟然會移動，露出了藏在松林裡的一間樸素的民宿。

「我們會走進去，裡面有你的同學、你的父親，還有一些可能會讓我們痛苦的東西。我希望你能相信我，我們堅強一點，一起找出那些被遺忘的記憶。」

孫皓又出現了，他站在徐遙身邊，徐遙卻發現他高了許多，自己比他矮了一顆頭。

不，不是孫皓變高了，是他變矮了。

徐遙摸了摸自己的臉、肩膀和手臂，他現在是十五歲的少年，只長高不長肉，不止四肢纖細，連說的那一句「我不怕」都變成了少年變聲期的彆扭。

孫皓輕笑一下：「那走吧。」

一步步走向這個被大腦防禦機制封鎖的區域，徐遙有點心跳加速，但並不緊張。

他走得很慢，因為他必須把所有東西都認真仔細地觀察一遍。歐式鐵柵欄圍起了整棟民宿，民宿外牆粉刷著米黃海藍相間的條紋，在當時來說十分新潮。那時監視器還沒有普及，窗戶上都有防盜鐵網。他走過一條青草小徑，推開雕花木門，展現在徐遙面前的是和十五年前一模一樣的場景。這間由私人民房改建的民宿，很像現在的青年旅館，一樓只有兩間小房間，一間是倉庫，一間是值班人員的房間，其餘空間是一座開放式的客廳兼廚房，四個和徐遙一樣年紀的孩子正窩在兩張長沙發上，各自占據一個角落，捧著本子默默地寫著什麼。大家的眼裡都閃著精光，徐遙走到了一張空出來的單人沙發上坐下，拿起桌上的筆記本和筆。

「現在時間是下午五點，案發前五個小時，你們在做什麼呢？」孫皓以一個局外人的身分詢問已經進入角色的徐遙。

「這是我們的比賽，當時我們五個都很喜歡偵探推理的題材，我們約定在這裡，用三天的時間封閉創作，看最後誰能寫出一個讓大家都覺得很棒的故事。」徐遙道，「為了避免作弊，要求大家集合在一起寫作，寫完就統一鎖進抽屜，鑰匙由工作人員保管。」

「我今天就寫到這裡了。」其中一個學生伸著懶腰，把本子合上，「我要吃東西！」

「我也餓了，」另一個人附和，「我們去找一點吃的吧。」

「好！」

兩個孩子把本子放進抽屜，跑到用一張桌子隔開的開放式廚房，打開瓦斯開始煮起食物。食物的香氣引得其他孩子心神不定，連徐遙也放開本子，起身張望他們在煮什麼。

「他們在煮什麼呢？」孫皓問。

「泡麵，加了小香腸和雞蛋。」徐遙笑了，「這在當時已經是我們能想到最好吃的東西了，五個人的行李裡都有泡麵。」

「小馬，先過來吃東西吧！」

過了一會，麵煮好了，同學都在招呼別人過來吃麵，但還有一個人在埋頭寫東西：「我再寫一下，你們先吃吧，待會我在自己搞定。」

徐遙向孫皓說道：「這是馬天行，他從小就很認真勤奮，總是想做到最好。他在我們快吃完的時候才停筆，然後自己煮了點東西，也跟著我們一起休息了。」

「所以那天你們一起寫作、一起吃飯，沒有人單獨離開過？」

「沒有，大家都是一起行動的。」

「那吃完晚餐後，你們又做了什麼？還待在一起嗎？」

「我們都待在一起，小孩子喜歡熱鬧。」徐遙指了指二樓，「我們的房間在二樓。」

「你們在二樓房間做了什麼？」

「我們玩了一會遊戲，那時候嚴冬家裡最有錢，他有一臺黑白的任天堂，我們輪流玩，沒輪到的人就去洗澡或看電視。馬天行帶了撲克牌，我玩了兩把就自己去看書了，差不多九點半的樣子，電視劇剛好播完，我們睏了，就躺在床上睡著了。」

徐遙一邊說的時候，身邊的景象也在變換，就像影片按了快轉，他一下子出現了在二樓的房間裡。五個小孩聚在一起打遊戲、看書、玩撲克牌、看電視，跟普通孩子沒什麼兩樣。

「你們的房間是怎樣的？好像跟一般的房間不太一樣。」

「嗯，大家都是男生，為了方便一起玩，正好民宿有一間大的三床房，我們就把床拼成一個大通鋪。」徐遙指了指那三張併起來的床，四個小孩歪歪斜斜地躺在一起，徐遙走到最裡面的位置躺下，「我睡在最裡面。」

「現在的時間是九點半，距離案發時間還有半個小時，你現在在睡眠之中，但其實你還是能聽見聲音，甚至感受到光線變化。」孫皓的工作來了，他讓徐遙閉上眼睛，「你現在正在睡覺，你聽見什麼了嗎？感覺到什麼了嗎？」

徐遙閉目凝神。有聲音嗎？有感覺嗎？他也不知道。但他真真切切地覺得自己回到了十五歲的那個晚上，床鋪還散發著清潔劑的味道，伙伴轉身時帶動被褥摩擦的聲音，連大家的呼吸聲都那麼熟悉。儘管徐遙知道自己在接受催眠，但他仍然為這份逼真的回憶而驚訝，原來只要想尋找，那些根本不可能記得的細節──剛剛，他連馬天行帶的撲克牌的花紋都看見了──也能找到。

「專心一點，你現在是十五歲的你，不是現在的你。」孫皓察覺到他情緒的動搖，提醒他集中，「已經過去十五分鐘了，我們來刺激一下當時在睡覺的你吧。你聽，有嗡嗡嗡的聲音，有蚊子，蚊子吵醒你了，你肯定醒來了，這時候你睜開眼睛，看到了什麼？」

「我……我什麼都看不見……不是，有人影，不是，是有人動了，然後我看見了人影……」徐遙揉著眼睛撐起身體，他真的覺得自己很睏，然後嘴巴不受控制地說了一句，「小馬，你在幹嘛？」

「徐遙！有小偷進來了！」

徐遙皺眉，怎麼回事？有小偷進來了？為什麼這麼重要的資訊他卻沒有告訴警察？

「我去看看！」馬天行沒有開燈，穿著拖鞋就下樓了。

徐遙連忙跟上：「不要！太危險了！我們先把其他人叫醒……」

忽然，一陣睏倦襲來，徐遙又睡了過去，他是被孫皓搖著手臂醒來的：「徐遙！你醒醒！你怎麼了？」

「我？我怎麼了？」徐遙清醒過來，應該說他在被催眠的記憶場景中醒了過來，只見到自己滿手鮮血，「我怎麼?!」

「我不知道，你忽然把我帶過來了……我很遺憾，但你必須再看一次這個殘酷的景象。」

孫皓扶徐遙站了起來，徐遙看見一片血海，還有倒臥在血海中的父親——還好大腦是以美化過的記憶形態儲存這一段回憶的，他看見的只是一個塑膠模特兒，模特兒的頭部被鋸開，腦子被取了出來，放在一邊的盤子裡。徐遙抬眼看向四周，看見了四個指著他尖叫的同學。

對，就是這樣，當時他們就是這樣指著我，每個人看向我的目光都驚恐萬分，沒有人相信我，沒有人關心我……

「徐遙，徐遙，你要堅強一點，我知道你很痛苦，但你要知道，人總是要面對過去的，哪怕那是你無法相信的過去。」孫皓搖了搖徐遙的肩膀，「你看，你手上的是什麼？」

「我的手上？」徐遙把手舉到眼前，他的雙手沾滿血跡，「血，都是血……」

「你再看清楚一點？」孫皓的聲音像有魔法，「只有血的話，為什麼你的同學都不敢走過來呢？」

「他們……害怕……」

「他們害怕什麼？」

「他們害怕我……」

「他們為什麼害怕你？你會傷害他們嗎？」

「我……我會傷害他們嗎？」徐遙動了動手掌，忽然，他覺得手中多了一些東西，鋒利的、把他的手也割傷了的東西。

「你是不是拿著什麼有可能傷害他們的東西？」

——叮叮叮叮叮！

一陣急促的鈴響把徐遙猛然拉回現實，就像腰上綁了一條鬆緊帶，他整個人跌到最低點後瞬間反彈，然後額頭彷彿又撞上了一道堅實的牆面，「砰」地一下讓他頭痛欲裂。他難受得呻吟了一下，揉著眉心醒了過來。

「白醫生，我覺得你完全不尊重我的治療！」

「你不是在治療，你在誤導他，讓他以為自己是凶手！」

「這全部都是他的記憶！如果他看見自己是凶手，那他就是！」

「是你誤導他，讓他以為自己拿著凶器，但所有人的證詞都沒提到凶器！至今凶器也還沒找到！」

徐遙聽見白源鋒和孫皓的爭吵，他坐了起來，拿起放在矮几上的熱手帕擦了擦臉：「催眠結束了嗎？我好像還沒發現什麼……」

孫皓冷哼一聲：「那就要問問白醫生了。」

「徐遙，不要相信你剛才看見的東西。」白源鋒皺著眉頭鄭重地叮囑徐遙，「催眠可以讓人記起塵封的往事，但也能讓你相信一些根本沒有發生過的事，這些案例你都研究過，不要輕易相信那些暗示。」

「如果你從一開始就不相信我，那何必讓我催眠你呢？」孫皓哂笑，「罷了，反正困擾的人不是我，你要我做的事我也做到了，我已經帶你走到了真相面前，選擇接受與否，就是你跟自我的鬥爭了。」

「我早就說過，我相信你的能力，但我更瞭解一個救世主型控制狂的欲望。」

徐遙從四分五裂般的痛楚裡喘過氣，他擦完臉後，戴上眼鏡，轉過頭和孫皓對視，「操縱別人，讓他如你所安排地行動，你沒辦法抗拒這種化身上帝的欲望，就算要拿你的自由去換，你也在所不惜。你的律師最近幾次探訪時間都不超過十分鐘，我想是你急於研究我的案例，才會這麼敷衍他吧。」

孫皓沉下臉色：「你不相信，是因為你不敢面對自己的過去。」

「而你堅持，是因為你不允許自己失敗。」徐遙嘆了口氣，「我本來真的想過要為你求情的。」

「我不需要別人的同情。」孫皓面無表情地站了起來，「徐老師，希望下一次再見的時候，你已經能夠直面自己的過去了。」

「我想不會有那一天的。」

徐遙在孫皓離開後，才跌坐回椅子上，他的後背全是冷汗，口袋裡的手也握得緊緊的，好一陣子才止住顫抖。

「你還好吧？」白源鋒吹滅薰香，遞了一杯熱水給徐遙，「他剛剛是在暗示你……」

「我知道，如果你沒有及時搖響鈴鐺，我已經看見自己握著刀了。」徐遙揉了揉眉心，「儘管我沒有看見，但我已經感覺到刀刃……要是我看見自己握著刀，恐怕真的沒辦法區分這到底是心理暗示還是本就如此……太真實了，我好像真的回到了我的過去一樣，感覺實在太……」

「人的大腦還有很多未知的地方沒有開發，世界上有好幾個擁有照相機記憶的人，但他們並不是每個人都過得很快樂。」照相機記憶，是指那個人的記憶強到就像照相機一樣，能把所有見過的東西全部記住，無論多微小，無論自願還是被迫。白源鋒拍拍徐遙的肩膀，「他們每天都要接收大量的無效記憶。有超群智商的人會把這份優勢發揮到科學研究上，但那些除了記憶力就沒有其他長處的人，只能每天都為這些無關緊要的記憶失眠。徐遙，有時候遺忘也是一種重要的能力。」

「但這段記憶我不可以遺忘，我不應該遺忘的。」徐遙深深地呼了口氣，他站了起來，「無論如何還是謝謝你，希望你不要嫌我麻煩。」

「都是同學，就不要說麻煩不麻煩了。」白源鋒笑了笑，「我看你也沒什麼安排，明天一起吃個飯吧？」

徐遙卻搖頭：「不要看不起我，我有約了。」

「哦？約會？」

「……書迷見面會。」

只有一個書迷的書迷見面會。

徐遙想，一邊維持治安守護法紀，還能一邊在他發表番外時第一時間贊助，十個小時後還補了長篇評論的忠實書迷，是應該獎勵他一場單獨的見面會的。

徐遙在走進電梯前，把那篇書評在專欄置頂了。

「你要休息？」

向千山皺著眉頭看著張藍交上來的請假單：「一個月那麼久？」

「局長，我老婆懷孕了。」張藍真誠地解釋，「這麼多年日積月累的情緒讓我無法成為一個合格的父親，我必須調整自己的心態，才能迎接這個孩子的到來。」

「張藍，你一直都是意志堅定的人，怎麼會忽然這麼敏感？」向千山彎曲手指敲了敲桌面，「你不會是被別人影響了吧？」

「……我承認徐遙曾經跟我提過一點意見，但主要的問題在於我自己，我也跟老婆商量過了，我們會一起去做心理輔導。」張藍道，「局長，我個人認為徐遙沒有向林森靠攏，至少林森沒有拉攏他的意思。在近期的案件調查中，他並沒有刻意顯示出心理側寫的重要，而且在抓住孫皓以後，林森也因為和孫皓的師生關係變得低調許多。徐遙冒著生命危險幫忙調查孫皓的案件，我想他並不是為了林森或徐峰的案件而接近我們。」

「哦？那你覺得他是為了什麼？」

「我覺得吧，他跟李秩應該有點什麼。你想，如果他接近李秩是為了接近師父，但李秩跟師父已經那麼疏遠了，他不可能會用這麼曲折的方式。」張藍聳聳肩，「局長，李秩和師父鬧翻的原因你也知道，所以，說不定他們真的只是在談戀愛，沒有什麼陰謀。」

「張藍，開始像一個父親了啊。」向千山笑了笑，「你說那麼多，就是想說李秩的判斷沒有問題，他沒有引狼入室，你很放心把責任交給他，是吧？」

「不愧是局長，一下就看透了。」張藍雙手合十做出求饒的姿勢，「局長，我真的需要調整一段時間。」

「一個月是不可能的，」向千山拿起筆，在請假單上簽名，「兩個星期吧。」

「謝謝局長！」

永安區警察局裡，李秩一邊吃午餐一邊看小說，角落忽然冒出一個紅色的小鈴鐺，提示他有站內訊息。他點開一看，是徐遙把他那篇番外的書評置頂了。

李秩頓時笑得燦爛萬分，一起吃飯的王俊麟和魏曉萌朝他投去嫌棄的眼神：「副隊長，你注意一下花痴的表情，不然其他科室的同事看見了，還以為你偵破了什麼驚天案件呢。」

李秩一下子抿起嘴角：「別亂說，笑一下也不行嗎？你們也每天都在笑啊，我說過你們嗎？」

「沒說不讓你笑，只是你別笑得那麼明顯，我不用看都知道一定是徐老師又傳訊息給你了。」魏曉萌咬著半隻雞翅，字正腔圓地模仿徐遙的語氣，「李警官，以下我說的僅供參考，要怎麼做還是由你們決定。」

「也有可能是徐老師回覆了他的評論！」王俊麟也一起補刀，「副隊長，你這次花了多少錢才換來作家大人的回覆啊？」

「……你們很閒嗎？綜合治安案件整理完了嗎？馬上就要一月了，年底報告不用寫了嗎？」李秩被取笑得耳根發熱，他薄斥一聲，王俊麟和魏曉萌就乖乖閉嘴，擠眉弄眼地低頭吃飯，也沒有很害怕他的意思。

說也奇怪，李秩到警察局兩年多了，升副隊長也有大半年時間，但以前隊員對他的態度是恭敬禮貌中透著疏離，不管張藍怎麼從中斡旋，大家還是覺得他滿腹心事，不願坦誠待人，一直不溫不火地共處著。反而是這兩、三個月裡，大家都跟他熟了起來，叫「副隊長」的時候也真的有了聽命於他的依賴和信服，而不是純粹的稱呼。

李秩雖然身處其中，但也遲鈍地感覺到了這是徐遙對他的影響——他讓他打開了關心世界的開關，在他不斷燃燒自己的熱情去感染徐遙的時候，別人也能感受到他的溫熱，發現那個靜靜矗立的冰冷警哨，也開始亮起了暖色的燈光。

吃完午餐，大家回到各自的崗位，以往年末是罪案高發期，還有兩天就是元旦了，誰也不知道會不會下一刻就要出外勤，大家都抓緊時間把手上的工作做完。

「啊，好和諧的景象，我們局裡居然會有所有人都跟上班族一樣坐著敲鍵盤的一天啊。」還沒忙多久，張藍就大搖大擺地走了進來，「看來在我的英明領導下，我們社區的治安得到了極大提升——」

「隊長，你一大早去哪裡了？」李秩好奇問道，「紅姐都找不到你。」

「我去市立警察局了。」

這一句話，讓所有人都停下工作，紛紛轉過頭來豎起耳朵：「發生什麼事情了嗎？」

「看你們驚嚇的樣子，沒事，我只是去請個假，請示一下長官而已。」

「請假？」李秩愣了一下，在年末這麼忙的時候嗎？

「對，我請了兩個星期的假，跟你們嫂子一起出去玩。」張藍拍拍李秩的肩膀，「這群傢伙就託付給你啦，尤其是元旦的時候，大家皮繃緊一點。」

「隊長，有什麼事情你就說吧，我們一定挺你！」李秩還在皺眉，王俊麟已經跳了起來，「無緣無故來這套！整我們也要有名目啊！」

「就是，怎麼可以突然把你停職！」

「隊長，你是有什麼苦衷吧？」

久居一線的警察都自動把「放假」等同於被上級懷疑停職查辦，所以張藍一說放假，大家都很激動。張藍趕緊比了個「安靜」的手勢：「你們幹嘛！這裡是黑社會還是警察局？哪怕我真的被停職你們這樣的態度像話嗎！」

「隊長，大家只是不太明白你這個時候放假有什麼意義，年末是案件最頻繁的時候啊……」

「我就是知道過一陣子肯定會忙死，才會現在請假。」張藍深呼吸一口氣，露出一個大大的笑容，「我老婆懷孕啦！」

「咦?!」

「我要當爸爸啦！」

「你怎麼不早說！」

陰鬱的氣氛立刻轉成大晴天，大家簇擁著張藍連連道喜，李秩激動得抱著他轉了兩圈——他一直把張藍當作大哥，那這個孩子就是他的姪子或姪女，是他的新家人。

家人……一想到這裡，李秩不禁又把張藍抱緊了一點。

「嘿嘿嘿，你們看！副隊長哭了！」

「沒有！我才沒有哭！」

「哈哈哈，這麼感性啊副隊長！」

所有人都激動起來，張藍的嘴角泛起了一絲安慰的笑意，看來自己離開一陣子，應該也沒什麼影響吧？

「好了好了，別鬧了，快去寫報告！別說我把工作都丟給你們！」

張藍把眾人趕去工作後，便把李秩拉進辦公室。他把向千山交給他的那份徐峰案件的卷宗從上鎖的抽屜裡拿出來：「李秩，我想徐遙已經跟你說過這件案子了吧？」

「他父親的案子是嗎？」李秩看到那充滿歷史感的褐黃色檔案封面，渾身寒毛都豎了起來，這就是那個束縛著徐遙那麼多年的案子，「可是這起案件當年是我爸負責的……」

「怎麼了，你害怕知道師父是怎麼訊問你偶像的嗎？還是害怕知道你偶像真實的樣子？」張藍道，「李秩，我相信你不是出自私心才一直向徐遙諮詢意見，我相信你能夠公私分明，但是你需要對等的資訊。他們總想把你攔在外面，以為這樣就能保護你不受傷害，但我覺得，既然你要去樹林裡打獵，那我應該告訴你樹林裡有什麼野獸，而不是讓你閉上眼睛不要看。」

指尖摩挲過有些褪色的封面，李秩神情凝重：「隊長，你這次真的只是放假嗎？」

「我真的只是放假，但你也不能掉以輕心，快三年了，你總不能還是依靠著我的指揮行動吧？你也該獨當一面了。」張藍把檔案推到李秩面前，「我相信徐遙是個好人，但好人的正義標準，不一定是法律的正義標準。我希望你能好好看完這份檔案，重新認識徐遙。於公於私，對你都有好處。」

「謝謝隊長，我明白你的意思了。」李秩抬頭，眼眶發熱，他把卷宗捧在手裡抱緊，「請你放心休假！我一定好好工作，不會辜負你的信任！」

「嘿……幹嘛說得我好像退休了一樣！快去工作！」

張藍把李秩也趕回去工作後，才鬆了口氣，窩進了椅子裡。他撫摸著自己的辦公桌，口中念念有詞：「你也休息一下吧……我一定會回來的……」

那時候，我不止是一個及格的父親，也會是一個更優秀的警察。

李秩戳著面前那盤義大利麵，將長長的麵條都切成了一小截一小截的。徐遙放下刀叉，開玩笑地說道：「李警官，你有沒有考慮過義大利麵的感受，被吃掉之前還要被碎屍萬段，太可憐了吧？」

「嗯？沒有！我不是故意的！」李秩連忙吃了兩口，被截斷的意大利麵果然很難捲起來，讓他吃得有點狼狽，「對不起，我想事情想得太入神了。」

「後天就是元旦了，事情都安排好了吧？」徐遙也知道這個時候李秩還能跟他吃飯已經很難得，「要像醫生那樣值勤三十六個小時嗎？」

「看情況，我曾經從十二月三十一日到一月二日沒閉過眼睛。」

「那你喝了多少咖啡提神啊？」

李秩搖頭：「我不喝咖啡的，我平時只喝奶茶。不過那次不一樣，我正好在一月一日那天看到了電子看板在播放你的小說的電影版預告，馬上就興奮得不得了，連奶茶都不用喝了！」

徐遙赧然，沒想到還有這樣的小插曲，他抓了抓鬢角的短髮：「那你這個元旦分配到哪個區域，還能看到電子看板嗎？」

「大概是沿江路……怎麼了，你又有小說要影視化了嗎?!」李秩瞬間精神起來，「你好厲害！這次是哪本小說？是《驚魂》還是《夜火》？」

「你看到廣告就知道了。」在選角的時候，發生了梁肖文遇害事件，還牽扯到有意投資的高品集團，還好視界傳媒和高品還沒實際合作，不然也會連累到電影開拍——這些消息徐遙並不想告訴李秩，他擦了擦嘴，喝了口檸檬水，「我聽說曉萌說，張藍今天正式放假了？」

「嗯，雪雅姐懷孕了，隊長要和她一起學習怎麼照顧孩子。」李秩笑了，「難怪我覺得他在處理孕婦毒害案件時態度有點奇怪，原來是感同身受啊。」

「所以你要扛起重擔了，李秩副隊長？」徐遙這才慢慢開始了解他的憂慮，「看來這就是今天義大利麵碎屍案的動機了。」

「我也不是擔憂，只是需要考慮的事情更多了。」李秩放下叉子，擦擦嘴，看著徐遙的眼睛認真說道，「我拿到了你父親當年案件的卷宗。」

徐遙臉色一沉：「你看了？」

「還沒，但是我想告訴你，無論從別人的角度看你是怎樣的人，在我眼裡，你都是一樣的，就是現在坐在我面前的你。」李秩猶豫了一下，把手覆在徐遙的手背上，「接下來我會很忙，可能不能照顧你，你不要誤會，那絕對不是因為看了卷宗的關係。」

「……李警官，我們沒喝酒啊，你怎麼就醉了呢？」徐遙輕嘆口氣，也不抽開手，「什麼照顧不照顧的，說話這麼肉麻……」

李秩抓抓髮尾：「我不會說話，你別生氣。」

「我哪裡像生氣了？」

「你一直都很像生氣啊……沒有沒有，我開玩笑的！」

在徐遙翻白眼之前，李秩就止住了玩笑。兩人吃完飯，徐遙自己先回家了，李秩卻回到了警局——剛才結帳的時候，他接到電話，在一間廢棄工廠發現一具屍體，除了張藍，全部隊員立刻歸隊。

也不知道這差一天沒辦法過新年的可憐人，又會有什麼樣的故事。

「副隊長，」值班的王俊麟一見李秩踏入辦公大廳就迎了上去，「你怎麼這麼快就回來了？」

「我就在附近。」李秩接過他遞來的現場報告，「怎麼這麼快就從現場回來了？」

「那具屍體已經變成白骨，看樣子被埋了很久，紅姐說帶回來才能化驗。」王俊麟翻著現場報告，「發現屍骨的地方是一間廢棄廠房，最近被回收重建，建築隊在挖掘的時候發現了骨頭。」

「技術組呢？」

「還在忙，但那間工廠廢棄很久了，以前聚集了很多流浪漢或癮君子，現在動工重建，都已經挖了好幾層樓深，老趙讓我們不要抱太大的希望。」

「那我們先去紅姐那裡看看情況吧。」

「好。」

法醫解剖室沒有平常的血肉模糊，張紅正在檢驗的是一具基本沒有任何皮肉的死者骸骨。死者殘破腐爛的衣衫被小心地剝離，標好號碼整整齊齊地擺放在另一張手術臺上。李秩進門時快速掃了一眼，沒看出什麼特別。他轉向張紅，隔著口罩問道：「紅姐，有什麼發現？」

「連筋膜都完全消失了，起碼死了五、六年。不過，那裡曾經是工廠，不知道它們有沒有傾倒工業廢水，如果有，可能會加快屍體腐爛，理論上兩年也有可能變成現在這樣完全的白骨化。」張紅指了指一些關節處，又指了指骸骨的骨盆腔部位，「不過他的屍骨保存得還算完整，可以看出來是男性，骨骺已經消失了，但沒有骨質增生，也沒有骨質疏鬆，年齡應該不大，推斷在三十到四十歲之間，但更準確的結果要等化驗報告。」

李秩湊過去看骸骨的頭頸部位：「頭蓋骨沒有裂痕，頸骨也沒折斷，死因是什麼？」

「舌骨已經完全溶解消失，沒辦法判斷他是不是被勒死的，不過，你看他的胸骨上有一個小銼口，像是被刀刃刺中所留下的。」助手小阮小心翼翼地掃去骨骼上的灰土，露出死者胸骨上一道細小的銼口，張紅道：「如果是被微生物腐蝕，應該會出現大面積的小傷口，但屍體其他地方沒有出現，說明這是人為的。目前知道的資訊只有這些，其他要等化驗報告。」

「紅姐辛苦了，那我們先去查一下這個年齡段的男性失蹤者紀錄，看他們的親屬能不能來做DNA比對，盡快查出死者的身分。」

「不辛苦，你們隊長跑去玩了，我這個當妹妹的自然要幫他看著你。」張紅笑了笑，但那笑容卻帶著幾分擔憂。都說雙胞胎有心靈感應，張紅直覺哥哥並不是真的完全只是為了陪老婆散心而放假，但她也不方便問，只能把她哥在警局裡最關心的弟弟照顧好了，「你們去忙吧，報告出來我再拿去給你們。」

「謝謝紅姐。」

李秩離開法醫室，接著就往技術組走去。技術組的組長趙科林是個矮矮胖胖的中年男人，戴著黑框眼鏡穿著格子襯衫，如果平常在街上遇到他，你會以為他是那種躲在家裡拼模型的宅男。但他穿上工作服的時候，整個人的氣場就變得很不一樣了，連張藍都不敢輕易跟他開玩笑。李秩推門進去時，他正在整理從現場搜集的證據，李秩把剛剛的問題又問了一遍：「趙哥，有什麼發現嗎？」

趙科林頭也沒抬：「你自己看，發現挺多，有沒有用就不知道了。」

「水泥？」李秩看見從現場採集回來的泥土樣本，其中有明顯的水泥痕跡，「這是埋了多深？」

一般人以為水泥澆灌屍體就能毀屍滅跡，但其實水泥的結構是有孔洞的，加上屍體腐敗發熱會產生氣體，氣味依舊會擴散，除非淋上瀝青，鋪上厚實的密封層板，但還要考慮屍體膨脹引起的硬化裂紋和材料風乾速度，並不比平常埋屍體的方法輕鬆。

然而這次的屍體卻是完全白骨化了才被發現，李秩不禁驚訝這處理得有多謹慎。

「六百三十五公分，一般三層左右的房子地基就是這個深度。」

趙科林完成了初步的資訊匯整，又叫組員過來分配任務，李秩耐心地等他吩咐完，才繼續問道：「趙哥，可是我剛從法醫那邊過來，骸骨上只有泥土，沒有水泥，而且白骨化得很徹底，在水泥裡乾燥後應該很難變那樣吧？」

「哎呀，副隊長可以啊，有學習過。」趙科林將一份現場紀錄遞給他，「發現骸骨的地方其實是泥土層，水泥是澆灌的時候往下滲透的。」

「也就是說，當初埋屍體的人很清楚地基會挖多深，才能把屍體埋進水泥下的土壤，這樣就不用擔心屍體膨脹裂化，還能讓凝固的水泥層和路面的瀝青充當隔絕氣味的材料。」李秩快速翻到了那個滿是鏽跡的招牌，在強光的照射下看得出「宏光電鍍廠」五個大字，「電鍍廠，那紅姐說的廢水汙染是有可能的……趙哥，謝謝你，我先去工作了，報告出來了我馬上叫人過來拿。」

「我幫你送過去吧。」

「謝謝趙哥。」

李秩回到辦公大廳，王俊麟已經核對過失蹤人口聯絡人名單，有十幾個人，他正在一一電話聯繫。李秩跟他說聲「辛苦了」，又向魏曉萌道：「曉萌，查一下這間工廠的資料，雖然已經廢棄了，但應該能找到它當年註冊的資料，找一下負責人還有當初的建商和承包商。」

魏曉萌看了一眼照片：「這間工廠我讀小學的時候就在了，真的找得到嗎？」

「這起案件時間應該很久了，物證剩下的不多，我們更不能放過人證。」李秩拍拍魏曉萌的頭頂，「我跟妳一起找。」

「嗯！」

魏曉萌也打起精神，開始搜查工作。一旦忙起來，大家都沒有時間觀念，張紅拿著報告進來的時候，已經是兩個小時後的事情了。

「謝謝紅姐。」

李秩剛接過報告，王俊麟就湊了過來：「我看看我看看！有沒有什麼明顯特徵可以排除的？那我通知的時候效率可以高一點！」

「沒有像跛腳、斷指、骨折癒合那樣明顯的特徵，你恐怕還是要多花點時間讓家屬過來匹配DNA了。」張紅露出「我也幫不了你」的無奈表情，「李秩，我這邊該做的都完成了，先走了，有什麼需要再打給我。」

「好的……王哥你也別太沮喪，我跟你一起打電話吧，還有幾個？」

「還有幾個？是只通知了幾個好嗎……五年來搬家的、換工作的、換手機的，實在太難找了……你幫我找這邊的幾個人吧，哦，就從蘇旅開始……」

「噓——」

李秩猛地捂住王俊麟的嘴巴，但走到門口的張紅還是聽到了，她停下腳步，轉過頭來，神情淡漠：「蘇旅不用打了，不是他。」

「紅姐……」

「蘇旅左手骨折過，所以不是他。」張紅看著除了李秩以外其他人愕然的模樣，輕描淡寫地說道，「蘇旅是我的未婚夫。」

張紅走出警察局大門，撲面而來的冷風讓她拉高了圍巾。

「紅姐，」只見李秩追了出來，「妳沒事吧？」

「能有什麼事，又不是小女生了。」張紅笑了笑，「我就當他出去尋找靈感了，說不定哪一天我去旅遊，會在什麼小鎮畫廊裡遇見他，他早就娶老婆生孩子，變成禿頭的油膩大叔，抽著菸說他辜負了我，但他的靈感屬於小鎮，不能跟我這個高知識分子待在城市裡磨滅靈魂呢。」

「我只是想說，我看到妳車子的大燈好像有點失靈，我讓人送妳回去吧。」寧願自己被辜負，寧願對方是個人渣，也比他死了要好，李秩沒有打破張紅最後一絲以倔強包裹的希望，把自己的車鑰匙遞給她，「或者開我的車，待會我幫妳把車開到修車廠。」

「那我還是開你的車吧，」張紅把自己的車鑰匙跟李秩交換，「別人看到我住在那種地方，不知道又該把我形容得多恐怖了。」

「紅姐妳不用別人形容就已經很恐怖了好吧。」李秩笑道，「大院裡誰不怕妳啊？」

「又欠揍了是不是？」

張紅作勢打人，李秩馬上做出求饒的手勢：「紅姐手下留情，我其實是想跟妳訂一幅畫而已。」

「訂畫？」其實張紅的住處並不是很嚇人，也沒有電視劇裡滿是標本的擺設，甚至可以說頗有藝術氣息——她住在未婚夫蘇旅經營的畫廊，儘管他失蹤五年多，但張紅依舊保留著這間畫廊，「你要訂畫幹嘛？」

「徐遙下個月生日，我想送他一幅畫。」李秩抓了抓脖子，「我想了很久，總覺得他應該會喜歡文藝浪漫的風格。」

「哦，徐老師……」儘管張紅和徐遙接觸不多，但對他的印象還是挺深刻的，「好，我這兩天讓飛飛整理一份目錄給你，價錢嘛——算你免運。」

「不會吧，這麼熟也不打折嗎？」

兩人以玩笑帶過了唏噓，便該工作的工作、該回家的回家了。

經過一夜追查，十六個登記在案的、符合特徵的失蹤男性家屬全都通知完畢，早上八、九點開始，陸陸續續有人來認屍。由於屍體已經完全白骨化，肉眼觀看也無法辨認身分，只能抽血化驗，等待ＤＮＡ匹配結果。那些抱著沉重心情過來的失蹤者家屬，大部分都是已經兩鬢斑白的老人，他們有的人還從外地買車票趕來，在這個元旦前夕的夜裡，不知道能否迎回杳無音信的親人。

「副隊長，血液都送去化驗了。」

下午兩點多，稍微睡了午覺回來的眾人又接著繼續處理案情。魏曉萌把發現死者的地點調查資料整理給大家：「宏光電鍍廠在十年前破產了，老闆欠了一大筆債務自殺，老婆跟孩子都已經離開悅城，找不到聯繫方式。廠房是十五前建的，但建商已經倒閉多年，找不到老闆，也完全沒有當時工人的相關資料。」

「十五年前建的廠房，如果真的是當時的建築工人殺人埋在水泥層下，那這個人豈不是已經死了十五年了？」王俊麟看了看那些失蹤者名單，「失蹤十五年以上的人很少啊。」

何止很少，應該說沒有。唯一一個失蹤十六年的男人，失蹤時已經四十五歲，打電話到所屬派出所通知時，他最後一個親人，也就是他的父親都已經去世了。

李秩深呼吸一口氣：「廠房雖然是十五年前建的，但誰也不知道它有沒有改建、維修或進行過其他工程。屍檢報告說死者的死亡時間是五到六年，起碼說明他在六年前還活著，即使失蹤了十幾年，也是在六年前被殺的。我們還是要等DNA報告出來再做進一步確認。今晚是元旦的前一天，根據以往經驗，一定也會忙到不可開交，大家抓緊時間稍作休息，今晚堅守崗位。」

「是，副隊長！」

一樁毫無頭緒的無名男屍案，即便李秩裝出一副沉著穩重的樣子指揮眾人，但他的內心也是一樣迷茫。這樣的案件有八成會變成懸案，就算那些千里迢迢來到這裡認屍的人裡真的有相關親人，他又該如何面對那些親屬呢？他們不知道他的死因，不知道他的遭遇，更不知道是誰殺害了他。又或者，這個無名死者不是登記在案的十六名失蹤者之一，那他們的家人是該鬆一口氣呢，還是只是回到不知盡頭的等待之中？

李秩看向那些坐在走廊垂淚的老人，忽然想到，這個世界上有那麼多人，假如有一天某個人失蹤了，會一輩子心心念念著他、餘生都在等候他回來的人，也許就只有父母了。

就算他和父親的關係鬧得那麼僵硬，但此刻他還是無法不想起李泓。大概也是因為徐遙讓他的心溫軟了起來，他忍不住鼻酸，拿出手機再三猶豫，終究還是把手機放了回去。

一時的感動很容易，但付出行動卻需要更大的勇氣，此時的李秩，仍然沒有做好和父親和解的準備。

「徐老師，不好意思，在元旦前一天打擾你了。」

悅城職業技術學院的教職員工宿舍，悅城圖書館的管理員林希蓉一邊帶徐遙上樓，一邊跟他解釋：「但是我父親忽然鬧了起來，說什麼要去交徐峰的稿子，說會讓他名利雙收，我想來想去，應該就是你父親的案子，所以趕緊通知你過來。」

「不麻煩不麻煩，林老師還記得我，我感謝還來不及呢。」本來已經放棄了從林國勇那裡問到那張父親的研究所合影裡坐輪椅的神祕人是誰，但這通電話又燃起了徐遙的希望。

「我們都知道是你們幫助了小範，唉，真想不到他舅舅居然是個殺人犯。」李陽華經常去圖書館，又帶著患有唐氏症的李世範，圖書館工作人員都對他們格外注意，林希蓉把徐遙帶進屋裡，「徐老師請進，地方有點小，失禮了。」

「哪有，我家也是這種分配的宿舍。」徐遙說的是實話。

「爸，你看，編輯來了。」進了門，林希蓉走進一間小房間，房間光線很好，太陽曬到床邊，林國勇半躺半坐在床上，手裡抓著一疊空白的稿紙，口中念念有詞，「你的稿子不是要交嗎？就交給他吧。」

「啊！主編！是主編來收稿子了嗎？」林國勇一口濃重的口音，他還以為自己剛剛來到悅城，在悅城報社當記者，「我這次寫得很精彩！一定會大賣的！」

徐遙在床邊坐下，他扶了扶眼鏡，拿過那疊白紙仔細端詳：「嗯，寫得很好，很多細節，小林這次準備的資料很充分啊。」

「對！我去他們研究所裡蹲了好幾天，不止在那裡工作的人，我連他們吃飯的店鋪都去打聽了！」林國勇的眼睛冒出精光，「那個徐峰看起來斯斯文文沒什麼本事，可是他教出來的學生都是精英，有警察，有醫生，有科學研究的，全都是放棄了自己的專業，一起跑去他的研究所！你說這些人是不是很可疑！警察說沒有抓到可疑的人，可是徐峰的兒子徐遙好幾天沒回家，一定是被拘留了！那個徐遙啊，別看他是小孩子，聽說他非常聰明，而且從小就跟他爸一起研究精神病或心理變態的，在學校裡搞了什麼推理小組，這次出事的時候那個小組的學生都在，還有……」

「好了好了，你的稿子我會好好研究，但這還是差了一點衝擊力。」徐遙打斷林國勇的自誇，「有沒有他們的照片？」

「照片？照片……有，有的，我記得我找到一張他們研究所的合影，你等一下，我找找，我找找……」

林國勇茫然地在被褥裡翻找，林希蓉趕緊過來幫他蓋好被子。

徐遙趁機把那張從報紙上剪下來的照片影本塞到他的枕頭下：「小林，這是什麼？」

「啊！照片！」林國勇歡喜地抓起那張照片，幾乎把它貼在徐遙的鼻子上，「你看！這是徐峰！這是他最看重的學生林森，這是他的另一個學生郭曉敏，這是他的……」

「這個人是誰？」徐遙指著那個坐輪椅的人，「坐輪椅還堅持科學研究的人比較有報導價值。」

「沒有，那只是旁聽的，叫李陽華，在特殊學校當臨時工。」林國勇搖著頭，一副這個人不值一提的嫌棄。

「李陽華?!」徐遙和林希蓉都驚叫了起來——徐遙這才想起李陽華的履歷，還有袁清對這個坐輪椅的人的描述，的確相當吻合。只是他怎麼都沒想到，這個深陷身分認同障礙，直到心理扭曲殺害未出生的嬰兒的李陽華，竟然在二十年前就開始探索自己充滿陰霾的精神世界，還曾經在他父親的身邊學習過。

「還是看這個吧，這個劉宇恆更厲害，是國家隊的退役選手呢……」林國勇依舊喋喋不休地跟徐遙說著照片上的人，還說了很多他對這起案件的追查。多數都是子虛烏有的小道消息，但徐遙依舊認真地記錄下來。

林國勇好像終於走完人生中最重要的一步，交代完這個案子的所有的資訊後，打了一個大大的哈欠，忽然就恢復老態龍鍾的模樣，神情呆滯，任憑徐遙說什麼都只是發呆。

「也許這件事對他來說真的很重要。」老人休息了，林希蓉和徐遙退出房間，林希蓉卻對徐遙道歉，「對不起，我爸當年真的很需要在悅城站穩腳跟，這些報導一定給你和你的家人帶來了很大的困擾吧，真的很對不起。」

「那麼多年前的事情了，沒關係的。而且，妳的父親是個記者，追尋真相是記者應該要做的，我並沒有生氣。」徐遙的記憶中，自己並沒有受到林國勇記者的騷擾，「謝謝妳，林老師，那我先走了，不打擾妳了。」

「我也謝謝你的體諒。」林希蓉送徐遙到門外，徐遙走了兩步，她又忽然喊住他，「啊，徐老師！」

「嗯？」徐遙猛地回過頭。

「預祝你新年快樂！」

「……你們也是，新年快樂。」

在千思萬緒中，這句祝福就像一根小火柴，它的光也許無足輕重，但徐遙此時才明白，原來這麼一句無關痛癢的話，真的可以帶來哪怕只是一點點的安慰。

徐遙快步走下樓，抬頭看向逐漸西斜的太陽，伸出手，握了握虛無的暮光。

元旦在倒數的鐘聲中來臨，歡呼聲擁抱著午夜的喧鬧——但那是別人的元旦。李秩就跟往年一樣，在出外勤和值班間無縫切換，剛剛逮捕了兩個醉酒打架的，回頭又跑了一趟火災現場——還好消防隊鑑定起火原因是煙火燃放意外，不是故意縱火——等終於可以休息的時候，已經是凌晨四、五點了。

於是張紅一進門，就看見了一群被她稱作「我工作室裡躺著的都沒你們嚇人」的年輕人。但是，她接著一句「DNA匹配結果出來了」，又讓這群人瞬間振作起來。

「是登記在案的人嗎？」

張紅把一份對比報告遞給李秩：「是的，跟他的家人說一聲節哀吧。」

李秩翻開報告，死者和一個名叫劉春玲的女人對比結果顯示為「母子」：「王哥，劉春玲是不是那個運動員劉宇恆的媽媽？」

「對，就是她！」王俊麟翻出劉宇恆的資料，「她的兒子是二〇〇一年失蹤的，是國家隊的退役隊員，當時他的隊友和教練都在電視上尋人，記得這件事鬧得很大。」

「那就奇怪了，他是二〇〇一年失蹤，死亡時間卻是二〇一二年左右，那這十年他去哪裡了？」魏曉萌詫異道，「當時真的非常轟動，那時候我正在讀國中，學校裡都貼滿了傳單。」

「也許他是刻意躲藏起來，或者被人囚禁。」李秩搖頭，「現在也猜不到什麼，去通知劉春玲吧，仔細問一下當年的情況。」

「是。」

劉春玲乍一看和所有六十歲的老婦人沒什麼區別，身高中等，有些微胖，梳得整整齊齊的頭髮紮成一束低馬尾，穿著黑底棕色條紋的大衣，和那些街坊鄰里的婆婆媽媽沒什麼兩樣。可是當你仔細看著她，卻會發現她的目光裡有著過人的堅韌，透著永不放棄的倔強——直到她得到了想要尋找的結果。

「劉媽媽，我建議妳還是不要看了。」張紅在打開冷藏櫃前，還是想說服劉春玲，「這不是劉宇恆，這只是他寄宿在這個世界時留下的痕跡，妳還是記住他在妳心裡的樣子吧……」

「法醫小姐，我知道妳的意思，人死如燈滅，但就算燈光滅了，燈具也是我懷胎十月生下來的。」劉春玲強忍著眼淚，滿臉皺紋都在微微顫抖，但她腰背挺直，目光直視前方，「我準備好了。」

「好。」張紅輕輕嘆了口氣，把冷藏櫃拉出來，打開了黑色的袋子。

劉春玲看著那些變成灰黃色的骨骼，通紅的眼眶裡顫顫的眼淚始終懸著，極力控制，「法醫小姐，宇恆離開的時候……痛苦嗎？」

「我們還在調查當中，希望您能提供一些資訊。」李秩接話，「您需要一點時間冷靜嗎？」

「冷靜？我已經用十年的時間冷靜了，我以為我可以很冷靜的……」

劉春玲忽然兩腿一軟，張紅彷彿早已預料到，一把扶住了她：「劉媽媽，小心身體。」

「先扶她到外面吧。」

李秩幫忙把劉春玲扶到了辦公室，過了幾分鐘，她才緩了過來：「我沒事，我沒事……我其實已經猜到了，只是沒想到我連他的臉都沒辦法再見到……」

李秩問道：「劉媽媽，我們可能需要您回憶一些細節，您需不需要通知什麼人過來陪著您？」

「宇恆他爸很早就不在了，我只有宇恆一個孩子，沒有其他人了。」劉春玲擺擺手，把張紅手裡的綠油精拿過來，用力一吸，「我沒事。你們要問什麼，我都可以回答。」

「劉媽媽，我叫李秩，妳可以叫我李警官。按照流程，我們要到規定的房間，妳可以站起來嗎？」

「好，我沒事的……」劉春玲撐著膝蓋站了起來，李秩連忙扶著她，張紅也一同陪著，直到她進了偵訊室才離開。

「李秩，她雖然一直強調自己沒事，但你還是留意一下。我見過很多失去孩子的老人，很容易想不開就自殺了。」張紅在門外叮囑李秩，「最好拜託那個社區的人留意一下。」

「紅姐放心，我已經讓曉萌去聯繫了。」李秩點點頭，「交給我吧。」

「也對，我擔心什麼。」張紅意識到自己越界了，吐了一口氣調整心態，「對了，你的畫選好了，今天下班送我回去吧，順便給你看看。」

「好，那我先去工作了。」

李秩本來就沒有介意張紅略顯緊張的行為，他讓王俊麟在一旁記錄，開始詢問劉宇恆失蹤前的資訊。

劉宇恆的人生軌跡和其他少年成才的運動員沒有什麼太大的區別。小學時被體育老師發現田徑天賦，經過推薦訓練選拔，成為鉛球運動員；一九九六年開始參加國際賽事，成績不俗，有望參加奧運；可是在一九九七年，他卻以個人原因申請退役，他的教練還去他家瞭解過情況，但劉宇恆態度堅決，經過幾次家訪，教練只好放棄。

「劉宇恆有跟妳說過個人原因是什麼嗎？」李秩看到當年的筆錄也問過這個問題，但那裡寫著「不詳」，「或者說，他退役以後有轉換跑道嗎？」

「他說他要去讀書，可是我也沒看到他讀書考試，他總是去一間什麼精神研究所，我懷疑過他是不是有精神問題，但他的生活都跟以前沒有區別，只不過以前是跑體育館，現在是跑研究所。時間久了，我也不管他了，後來那間研究所被關閉，他就去圖書館打工，生活也跟以前沒什麼不同。」劉春玲抬起頭來，「我記得，那個研究所也是在一九九七年關閉的。那間研究所裡出了大事，好像是其中一個教授死了，我記得那時候有警察來問過話。」

李秩一愣：「那個教授是叫徐峰嗎？」

「好像是姓徐，宇恆非常崇拜他，那陣子經常說他的理論多麼精闢，說人類的身體發展已經沒有前途了，人類和動物的區別在於大腦，所以研究大腦才有前途。我也聽不懂他說的話，但他看起來十分快樂，所以就讓他繼續學習了。」

「那徐教授的死對他來說打擊應該很大吧？」

「嗯，他鬱悶了一陣子，不過他們那間研究所也有點奇怪，聽說除了那個教授外還死了一個人。我也擔心研究心理學的人容易鑽牛角尖，但是宇恆不一樣，他是運動員，心理承受能力很強，他一定不會因為什麼情緒問題離家出走的。」劉春玲說的話跟當年的筆錄差不多，只是如今已經確認了兒子的生死，語氣更加堅決，「他是被害了……我就知道他是被人害了才會……」

「劉媽媽，請您再回憶一下，劉宇恆在二〇〇一年六月二十六日，失蹤的前一天，有沒有什麼特別的事情發生，或者有沒有什麼特別的舉動？」李秩問，「比如突然把自己的東西都整理好，或者陪妳做什麼事、對妳說一些很感性的話？」

「李警官，我懂你的意思，但宇恆是不會自殺的。他出門前還跟我說今天回來的時候想吃什麼……」劉春玲身體前傾，懇切地看著李秩，「你可以告訴我，是在哪裡發現他的嗎？」

「在已經廢棄很久的宏光電鍍廠，他的骨骼保存良好，沒有受到太多折磨。」李秩說這些話的時候也很心虛，但他不想在此時告訴她「劉宇恆被利刃殺害後掩埋於幾層樓厚的水泥下」這樣殘酷的真相，「其他的情況我們法醫會再作進一步檢查，有新消息一定會通知妳的。」

「那我什麼時候可以帶宇恆回家？」劉春玲眼眶泛紅，「還是要等到抓到殺害宇恆的凶手才能帶他回家？」

「我們需要做一個全面的檢查報告，記錄全部的資料，屆時會通知妳過來的。」李秩想起張紅說的話，生怕她把兒子的遺骨帶回去就尋短，便找了個藉口，「法醫室今天的安排已經滿了，我先送妳回家吧，等一切手續辦妥，我們會通知妳的。」

「好的，麻煩你們了。」劉春玲撐著桌子站了起來，更靠近她的王俊麟連忙扶住她，「謝謝，你們都是很好的警察……」

「劉媽媽，我看過劉大哥的比賽，我很佩服他。」王俊麟衷心祈願，「您保重身體。」

劉春玲嘆了口氣：「這身體保重也不知道該幹什麼了……」

「劉媽媽，您回去好好休息，不要胡思亂想，有什麼需要，可以打我們的電話。」

李秩跟王俊麟都把名片塞到她手裡，李秩讓王俊麟把後續工作完成，自己護送劉春玲回家，等到社區管理委員會的人過來後才離開。

其實他也很想跟劉春玲說：我們一定會還你兒子一個公道。但那麼多年的警察生涯告訴他，有的時候，邪惡就是會打敗正義。

這是他在警校最後一堂課時，教官說過的話——無論你們多努力，這個世界上就是有破不了的案。就像童話故事裡，噴火的惡龍有時候也會把騎士燒死。

李秩猛地打了自己一巴掌。怎麼回事，還沒開始正式偵查，怎麼就先打退堂鼓了？如果說張藍暫時離開對自己毫無影響，那肯定是騙人的，但李秩沒想到自己會那麼懦弱，他也忽然意識到張藍平時為何總是那麼嘻嘻哈哈沒心沒肺——如果他身為一個隊長也陰鬱悲觀，那他們這些隊員怎麼會有破案的信心呢？

哪怕只有百分之一的可能，也要相信那百分之一的可能性會成真，並以此鼓勵團隊。

李秩深呼吸一口氣，調整心態，轉身往挖掘出劉宇恆遺骨的工地駛去。

傍晚六點，裘飛飛開始檢查「旅人」畫廊的水電開關，清點畫材和作品，一切安排妥當之後，便準備拉下鐵門，關門下班。

這套流程她已經做過無數次，從她還是美術學院的新生開始，她就一直在這間畫廊打工。畫廊的老闆蘇旅自己也是畫家，和他的未婚妻張紅一起開了這間畫廊。但蘇旅三不五時就外出尋找靈感，張紅又是工作非常忙碌的法醫，便請她負責顧店，而這一顧就是七年。

但今天有點不同，她剛準備關門，便看見一個挺拔的中年男人在櫥窗前駐足，他的目光停留在一幅以火焰為題材的畫作上。裘飛飛能感覺到那不是一般的好奇，於是她放下門鎖，重新把玻璃大門打開，向這位鬢髮有點微白的紳士問道：「這位先生，你對這幅畫感興趣嗎？可以進來看看，隔著玻璃會有點看不清楚。」

「妳不是要下班了嗎？」男人顯然很感興趣，但還是體貼地詢問。

「沒事，我們沒有固定上下班時間。」裘飛飛打開門讓他進到店裡，透過扭動把手把陳列在櫥窗的畫轉成正面朝內，「您是喜歡這樣的風格還是火焰的題材？我們還有幾幅同樣以火為題材的畫作，您要看看嗎？」

「我記得我見過一幅跟這幅畫很像的畫，畫家的名字叫蘇旅，」男人環顧店內，似乎沒有找到其他打動他的作品，「這也是他的作品嗎？」

「你認識蘇旅老師？」裘飛飛眨了眨眼睛，「這幅畫是我臨摹蘇旅老師的，您稍等。」裘飛飛跑去拿來了一本目錄，翻開指著其中一張圖片，「您看到的是這幅嗎？」

「對對對，就是這幅。哦，原來叫〈紅龍〉啊，我還以為是火龍。」

「這是西方童話裡象徵惡魔的紅龍，會噴火，所以你說是火龍也沒錯。」裘飛飛笑道，「蘇老師經常說畫家把畫畫出來後，取名字的事情應該留給觀眾，觀眾覺得是什麼就是什麼，畫家不應該限制觀眾對美的想像。」

「我跟蘇旅這個年輕人有過數面之緣，當時就覺得他是個很有才氣的畫家。」

這男人彷彿了解不少事情，裘飛飛不禁嘆口氣：「對啊，蘇老師明明那麼有才華，為什麼偏偏……」

「飛飛，怎麼把櫥窗裡的畫轉到背面了？」

正說話，張紅就走了進來。這讓裘飛飛覺得很奇怪，儘管張紅住在畫廊二樓，但她一般會走後面的樓梯，很少從店門進來，而她身後還跟了一個很高的青年——到宏光電鍍廠調查了一遍，剛回到局裡就碰到答應送她回家順便看畫冊目錄的李秩。

「紅姐，」裘飛飛連忙解釋，「因為這位老先生想看這幅畫……」

「什麼老先生，林教授哪裡老了？」張紅說了一句，便轉身握住林森的手，客氣地問候，「林教授，你怎麼過來了？」

「我只是路過，就被這幅畫吸引了。」這位對蘇旅頗為讚賞的年長學者正是林森，他輕輕碰了碰裘飛飛的肩膀，「這位小畫家很厲害啊，雖然是臨摹的，卻也充滿了氣勢，我就忍不住班門弄斧幾句……這位是？」

「哦，這是我的同事，李秩警官。李警官，你應該知道林森教授吧？」張紅本來只是讓李秩幫她把車開回來，沒想到還為他引薦了一下，「這位是警察大學犯罪心理學的林森教授。」

「當然知道，關子卓的案子要不是林教授親自鑑定死因，我們也很難結案。」在那個奇特的雙重人格互相廝殺致使凶手身體死亡的案件中，徐遙曾經請林森來幫忙，但李秩並沒有跟他見過面。這次真的見到了，李秩驚訝地發現他跟徐遙描述的幾乎一模一樣，可見徐遙對他一點濾鏡也沒有，林森教授就是那麼溫文爾雅的學者風範，「林教授您好，我叫李秩，久仰大名，請多多指教。」

「你姓李？」林森打量著李秩，眼神有點複雜，像是驚訝於什麼奇觀一般。他把李秩的臉仔細地觀察了一遍，又退後兩步觀察他的身形，李秩詫異地看了看自己，不解他的打量是怎麼回事。

「李警官，冒昧問一句，你的母親是不是叫郭曉敏？」林森終於認出了這熟悉的五官，「她是不是曾經是悅城生命科學研究所的成員？」

「您認識我的母親？」李秩一愣，他怎麼完全不知道母親認識林森，而父親也從來沒有提過林森？

「我們是一起研究的同學啊。」林森豁然開朗，上前一步搭住李秩的肩膀又把他細看了一遍，「都說女兒像爸、兒子像媽，真的太像了，尤其是你呆滯的表情，簡直跟小郭一模一樣。」

「嗯，是有很多人說我長得像媽媽……」但像林森這麼激動的卻沒有，李秩腦中閃過一堆「莫非是我媽媽的舊愛」的猜測，「林教授跟我媽媽是同學？」

「對啊，雖然畢業後我們研究的方向不同，但大家還是有工作上的交集……」林森的神情忽然暗淡了下去，「可惜天妒英才……」

「林教授，謝謝你。」

「嗯？」林森詫異，「謝我什麼？」

「你是說天妒英才，不是天妒紅顏，說明在你心中，她是一個出色的科學家。」李秩擦了擦眼睛，「對不起，我很少說起母親，有點失禮。」

「傻孩子，這有什麼失禮的？」林森笑了，拍了拍李秩的肩膀，向張紅說道：

「不好意思，讓妳見笑了，人年紀大了，就喜歡跟晚輩聊過去的往事。」

「這個晚輩可能跟你有點關係喔。」張紅忽然笑道，「李秩，你不打算告訴林教授你跟徐遙的關係嗎？」

林森一愣：「徐遙？」

「我跟徐遙沒什麼關係啊！」李秩被張紅開了玩笑，頓時害羞起來，「就是、就是朋友！」

「哦，對，我應該說，是你想跟人家有關係。」

「紅姐！」

「你就是那個請徐遙當顧問的警察？」林森順了順邏輯，他驚訝地看著李秩，「天啊，世界真的那麼小！你知道嗎？徐遙的父親徐峰是我的老師，你的母親在業務關係上也能算是徐峰老師的學生呢！」

「這麼巧？」忽然，李秩腦海中零散的碎片被這句話串了起來，「徐峰、林教授、我媽媽、科學研究所……林教授，你認識一個叫劉宇恆的人嗎？當初他應該也跟徐峰教授學習過。」

「劉宇恆？」林森皺眉，「你怎麼問起他了？他是跟我們一起學習過，但他不是我們研究所的人，只是一個旁聽的。徐峰老師太善良了，總是讓別人旁聽，也不擔心會影響研究。」

李秩聽出了林森的不耐煩：「林教授，你好像不怎麼喜歡劉宇恆？」

「他根本沒興趣做研究，只是覺得自己做運動員的路已經走到盡頭了，才會瞄準我們這門新興學科。實際上他什麼都不懂，在徐老師出事後就放棄了。」林森嘆口氣，「真正把這條路走下去的人，只有我一個人。」

「我去幫大家倒水，你們坐下來聊吧。」裘飛飛看著他們三人陷入了好像是案情討論的談話裡，很會挑時機地提出建議，也順便趁機離開，以免聽到什麼機密案情，捲入不必要的麻煩。

「我一說起往事就沒完沒了，你們別介意。」林森擺擺手，「李警官，你別嫌我多管閒事，但我跟徐遙的關係真的很好，我把他當成自己的弟弟，他也都叫我森哥，剛剛聽張紅說，你打算追求我們家徐遙？」

「我、我就是、就是……」李秩被張紅和林森兩人盯得臉頰發燙，「反正目前我們還是朋友，以後要是有什麼新消息，我會通知你們的……」

「哈哈哈，你是把我們當受害者家屬了吧。」張紅忍不住笑了，她拍拍李秩的肩膀，讓他放輕鬆一點，「好了，不逗你了，我去把目錄拿來給你看。」

李秩如釋重負：「謝謝紅姐。」

「李警官也對畫畫有興趣？」林森也換了個話題，他看了一眼張紅拿過來的畫冊目錄，裡面都是一些跟占卜星座等等有關的神祕主題，「你對占星術感興趣？」

「我也不是很懂，但我知道徐遙喜歡，他寫過一本《天占》，主角就是占星術師。」

「他是研究心理學的，怎麼可能對占星術這種迷信的東西感興趣？」林森不以為然，「一個好的作家會讓角色說角色該說的話，而不是說他自己想說的話。」

李秩也同樣對林森的話不以為意：「可是他就是有興趣啊，我看得出來。」

林森似乎被這理所當然的自信說辭震驚了：「你看得出來？」

「對，我感覺得到。」李秩笑了笑，「徐遙說過我是個很好的讀者，那我就賭一賭，看看他喜不喜歡這樣生日禮物吧。」

「哦，原來如此，」林森搖搖頭，彷彿不懂年輕人的浪漫，「可是為什麼要在他生日以後送生日禮物？這又是什麼浪漫的驚喜嗎？」

「什麼？」李秩一驚，「他生日不是下個月嗎？我明明看過他的身分證！」

「啊……這裡面有一段故事。是這樣的，徐遙小時候想參加一項比賽，但是他的年齡剛好超過一個月，但他打死都要參加，於是徐峰老師只能厚著臉皮去改戶籍資料，硬是把他的生日往後改了一個月。」林森說著說著就笑了，「他從小就是這種想要得到的東西就一定要得到的個性。」

「那、那他的生日就是……」

「就是今天啊，元旦。多好的日子，就這樣被改掉了，真的是……」

「紅姐！紅姐！」李秩猛地跳了起來，跑到櫃檯急急忙忙向張紅說道，「我要借一下車！麻煩妳幫我把這幅畫包好！錢我晚一點給妳！」

「好，你別急……飛飛，把K253號包好，記得打個蝴蝶結。」張紅最後還調戲了一下李秩，「要不要幫你頭上也綁一個？」

「紅姐！」

油畫用復古文藝的牛皮紙包好，李秩小心地把它搬上車，便急急忙忙地往徐遙家駛去。張紅看著車子離開，搖頭笑道：「唉，蘇旅追我的時候怎麼就沒有這種熱情呢？感覺自己好虧。」

「那就要看妳是被蘇旅的什麼性格吸引了。」林森也笑了，「作為一個觀眾，我是被他畫中的不甘心所吸引的。」

「不甘心？」張紅還是第一次聽到這種評價，「什麼意思？」

「就是明明沒什麼天賦，卻還是拚命努力，覺得勤能補拙，不甘心就此泯然眾人。」林森對張紅露出了抱歉的表情，「我不是在貶低他沒有天賦，我是說他的畫讓人感覺到了這種不甘心的欲望，會讓那些已經放棄理想安慰自己平凡就好的人心中一陣疼痛。」

「林教授，這是尼采的話吧？」張紅眨眨眼，「個體必須始終掙扎，才能使自己不被群體淹沒。」

「哈哈，大概是吧，其實很多哲學家都談論過類似的問題，莎士比亞也說過，沒有什麼事比渴望不平凡更平凡。」林森笑笑，端起茶杯喝了一口，「茶都涼了，我也該回去了。」

「好……啊，我的車被李秩開走了，不然可以開車送你。」

「不用不用，讓妳接送的話，會讓我覺得自己真的老了。」

道別間，張紅的手機響了，她一看來電，卻是自己的姐妹兼同事，悅城化驗所的所長任芊芊：「芊芊？」

「紅，妳要親自過來一趟。」任芊芊語氣凝重，「這件事不是我錯了就是妳錯了，再不然，就是死錯了。」

「啊？」

自從家裡重新裝修過，徐遙就在自己的臥室裡加裝了一大片軟木板牆面和半面黑板，方便整理線索。而此時，他又往軟木板上釘了幾張新照片，在黑板上寫了幾行字。

徐遙一直以為父親的研究只是一個不受重視的小專案，但他看到了那張照片，那赫然是一間正式的研究所，而且研究成員的組成也很奇怪，除了像林森這樣正規的心理學研究生，好像還有一些有迫切願望的人也能參與旁聽。他把從林國勇那裡得知的人名一一寫上，但卻無法找到他們之間是否有研究以外的關係，更不知道他們和父親的死有沒有關聯。

名字一個個列出，一一對應上研究所的人員。父親徐峰是整個研究所的核心，他的得意門生林森也是主要成員，此外還有兩位成員王志高和唐楚紅，現在也是心理學領域的權威人士；有一位算是外部支援的技術人員郭曉敏，是從悅城生命科學研究所調派過來的，負責安排病理切片、生物放射等等的技術性工作；而李陽華則是出於對自我的心理探究，想要學習相關知識，因此常常來旁聽；剩下的那一位就是林國勇很感興趣的前國家隊鉛球運動員劉宇恆。他的故事很傳奇，明明是一名頗有前途的運動員，卻放棄一切選擇學習一個全新的學科。雖然隨著徐峰的死亡，研究所解散，他也隱沒於眾人之中，可是幾年後他卻離奇失蹤，又再一次引起了林國勇的注意。

但那時候林國勇只寫了兩篇報導，然後就升遷了，開始做時政專欄，沒有再追蹤他的下落。徐遙順著日期找到了他寫的關於劉宇恆失蹤的報導，把剪報也貼在軟木板上。

徐遙退後兩步，靠在書桌上把全部的線索納入眼中，這些新增的人員是分散的點，他暫時還找不到把他們連接起來的線。

門鈴響了，徐遙沒有理會，只當是鄰居又有什麼事情要檢舉他。但是門鈴鍥而不捨地響了半分鐘，徐遙不得不離開臥室，跑出去開門。

「李秩？」

沒想到從防盜監視螢幕裡看見的是滿頭大汗地趴在鐵欄杆外的李秩，徐遙詫異地開了門，卻見他扛著一片大約半人高的扁平狀物體，倚著門喘氣：「怎麼了，這是什麼重要的案件證物嗎？」

「不、不是……」李秩扛著這幅畫爬了七層樓，好不容易喘過氣，他直起腰來，深呼吸一口氣說道：「徐遙，新年快樂！」

徐遙「呵」地一下笑了：「你這……」

「還有，生日快樂！」李秩把包裝好的畫往身前一推，「還好趕上了！這是送你的禮物！」

「……你先進來。」徐遙愣了好一會才意識到李秩真的在跟他說「生日快樂」，好多年沒有過過生日的他一時之間說不出話來，只能側身讓他進門，還幫李秩一起把畫抬進屋裡。

「啊！我就知道尺寸剛好！」李秩一進門就看著徐遙客廳裡一面比較空的牆壁，「我第一次來的時候就覺得這裡有點空！正好可以掛這幅畫！」

「你怎麼知道我今天生日？」徐遙摸了摸包裹著畫框的牛皮紙，「我的身分證……」

「我不知道，還好我在紅姐的畫廊裡遇到了林森教授，他告訴我原來你把生日改了。」李秩坐下來吐了一口氣，抓著衣服擦汗，「難怪你總是在元旦放新書預告和電影預告，原來是有寓意的嗎？」

「那是公司宣傳，跟我有什麼關係？」徐遙看李秩一臉狼狽，又好氣又好笑，遞了一盒衛生紙給他，「何況他們也不知道我真正的生日。」

李秩抽了兩張衛生紙擦汗：「那你就一直這樣誤會下去？不打算改回來嗎？」

「只是一個日期，改不改有什麼區別？」徐遙說罷，起身去廚房倒水給他。

李秩愣了一下，這個日期可是自己的生日啊，是他來到人世間的那一天，那麼有紀念意義的一天，怎麼會和別的日期沒有區別呢？

可是他轉念一想，父母是不用依靠身分證去記住孩子的生日；熟悉的朋友，比如林森，也自然會知道這件事，而其他泛泛之交，頂多只是跟他說一聲「生日快樂」，他也沒必要一一解釋。

「怎麼了？」

徐遙拿著一杯熱水回到客廳，看見李秩睜著一雙黑白分明的眼睛盯著他。這既像憐惜又像同情的眼神讓他很不自在，他生硬地轉了話題：「你說你在張紅的畫廊裡碰到森哥？張紅還開畫廊？公務人員可以自己開店嗎？森哥又怎麼……」

「我以後都會陪你過生日的。」李秩接過杯子，同時抓住了徐遙的手，「就算我在工作，我也一定會打電話給你，不管多忙，我都會親口跟你說生日快樂的。」

「……我先看看你挑了什麼畫。」

徐遙幾乎被李秩真情實意的承諾燙到了，他抬了抬眼鏡，擋住李秩直直看向他的視線，手也從李秩還帶著汗水的濕潤掌心裡抽回。他轉過身走到那幅半人高的油畫前，剝開外層的牛皮紙，逐漸看見了這份生日禮物的全貌。

水火交熾——這是徐遙第一眼的感覺——半幅深藍半幅赤紅的背景裡，一堆微弱閃光的零散星子，從中心處一座老舊的齒輪濺出。說是齒輪，卻又像是船舵，但四周滿布火紋，像風火輪一般。它占據了整幅畫最中間的位置，一邊捲起水，一邊燃起火，好像天地間憑它攪動風火，但仔細觀看，那圓潤的軌跡卻又那麼溫厚謙實，像是在平衡水火，庇佑那些在底端仰望蒼穹的人。

「The Wheel of Fortune，命運之輪。」徐遙轉過頭去看李秩，「你怎麼知道這是我最喜歡的塔羅牌？」

「我猜的。」李秩想，這次賭對了。他站起來走到徐遙身邊，剛剛他全憑感覺選了這幅畫，直到這時才仔細看清楚了，真的有點被那霸道的筆觸震撼到，「你在寫《天占》的時候寫過這張牌。」

「可是《天占》的主角代表隱士，象徵智慧和幽居。」徐遙不解，「怎麼看，我都比較像喜歡隱士的人吧？」

「可是案件解決的關鍵是命運之輪啊。」李秩彷彿是在參加書迷討論會，馬上就引經據典、據理力爭起來，「主角解釋過很多的牌面，但唯獨這張牌他不曾解釋。他是在看見這張牌的時候意識到凶手也許一開始並不是想殺人而是救人，一個善意的舉動在瞬間便成了惡行，才會有前面的矛盾。而《天占》的主旨就是也許天意能安排人的行動，但天意永遠安排不了人心，善惡在於一念之間，天意也就是那一念的變換。所以，我覺得命運之輪才是你最想表達的意思，你肯定比較喜歡這一張牌。」

徐遙聽著李秩認真分析，忍不住「噗哧」笑了：「李警官，你用我的書來反駁我的話，以子之矛攻子之盾？」

「我沒有打算攻擊你，我只是就事論事……」李秩彷彿才想起面前這個總是瞪著一雙無辜又欠揍的眼睛的男人就是他最喜歡的作者，幾乎咬到自己的舌頭，「難道、難道你不喜歡這幅畫嗎？」

「我又沒說不喜歡。」徐遙那彆扭的個性是絕對不可能直接說出「喜歡」的。他抿了抿嘴唇，拉開抽屜翻出一個工具箱，「你都這麼有誠意了，我也沒理由拒絕吧？」

「好的！」

看來徐遙是真的很喜歡這幅畫，也沒仔細量過尺寸就直接讓他掛在牆上了。而李秩也沒有別的想法，只要徐遙開心他就開心。於是他脫掉運動鞋，踩著椅子往牆上準備釘釘子，「掛這麼高可以嗎？」

「嗯……稍微低一點點……太多了，再高一點，好，就那裡，往左平移兩公分。」

徐遙指揮著李秩幫他釘掛畫的釘子，李秩人高手長，但掛畫的地方在客廳沙發後面的牆壁，八〇年代的風格都愛裝飾門拱，李秩站著碰不到，踩著椅子反而要彎著腰，他好不容易確定好位置，便示意徐遙幫他拿錘子。

徐遙看著李秩專心一意地掛畫，還那麼自然地伸手跟他拿工具，不禁有些悵然：「這裡本來也有一幅畫的。」

「嗯？」

「以前掛了我的全家福，後來拆下來了，我也不知道媽媽把它藏到哪裡去了。」徐遙嘆氣，把錘子往李秩手裡輕輕一敲，榔頭處正好敲進他的掌心，「裝修前你還能看見掛過畫的痕跡，粉刷過後就沒有了。」

「哎呀，好痛！」

李秩猛然捂著手蹲下，徐遙一驚，以為自己沒控制好力道，連忙抓住他的手腕查看：「我敲太大力了嗎？哪裡痛？」

「騙你的。」李秩抬起頭來，一臉惡作劇得逞的笑容，徐遙心口一窒，李秩已抬起手臂把他環抱住，「以後我每年都送你一幅畫，每次都不一樣，直到有一天這裡也有新的掛痕了，好不好？」

李秩身上十分溫暖，徐遙努力挺直腰部，除了頸項，全身上下都硬邦邦地和李秩保持著一個拳頭的距離——其實，他完全可以放鬆身體接受這個溫暖的懷抱，畢竟在這個特殊的日子裡，他還是可以找到一個不必應允承諾便能貪歡一晌的藉口。

但是他不可以。他只能握緊拳頭，抵著他的肩膀把人推開。

李秩眼裡明顯地掠過失望，但他很快就以微笑帶過：「對不起，我明明答應過你不逼你的……不好意思，我還是先把畫掛起來吧。」

徐遙喉嚨發緊，他伸手一抓，抓住了李秩的手臂：「李秩，我……」

一陣手機響鈴打斷了這個徐遙其實也沒想到該如何收場的局面，讓他反而鬆了一口氣。他退開兩步，讓李秩接電話。

「喂，紅姐，怎麼了……什麼?!」李秩本來是坐在椅子上，聽了一句話後鞋子也沒穿就站了起來，「還有一個吻合的DNA？失蹤的不是劉宇恆嗎？怎麼成羅嘉盛了?!」

聽到「劉宇恆」的名字，徐遙的眼睛立刻銳利起來，卻見李秩匆匆回了兩句，便彎腰穿鞋，「我馬上過來……徐遙，我要回警局一趟……」

「我跟你一起去。」徐遙抓住李秩的手，「你剛才說的劉宇恆，是我父親研究所裡待過的那個失蹤運動員吧？」

「你怎麼……」李秩不清楚徐遙怎麼知道劉宇恆的事，但事態緊迫，他便答應了，「路上再說吧。」

「嗯……可是你剛剛說的羅嘉盛又是誰？」徐遙穿上外套，跟隨李秩一起出門。

「那天我跟你吃飯時不是接到一通電話？有人在一間廢棄工廠裡發現了無名屍體，因為屍體已經化成白骨，年代久遠，我們通知了符合特徵的失蹤者家屬做DNA比對。今天早上匹配到了一個母子關係，才確認了死者是失蹤十幾年的劉宇恆。」李秩眉頭深鎖，「可是剛剛紅姐說，在後續的DNA比對中又發現了一個父子關係，兒子是一個八歲的小男孩，但他失蹤的父親不是劉宇恆，而是一個叫羅嘉盛的農民。」

「副隊長。」

李秩趕回警局，張紅和任芊芊都在辦公室裡等候了。任芊芊向他微微鞠躬以示歉意，「我們的工作沒有完成就急於遞交結果，非常抱歉。」

「所以是搞錯了嗎？」李秩看著桌面上新配對出來的結果，那個叫羅安的小男孩，和那白骨的配對結果顯示為「父子」，「死者是羅嘉盛而不是劉宇恆？」

「我一開始也不敢肯定，所以我找張主任幫忙重新確認了一次，所有的取樣都是正確的，沒有貼錯標籤，我們也重做了一次鑑定，結果顯示，死者和劉春玲是母子，和羅安是父子，而我們把劉春玲和羅安的DNA也配對了一次，證實他們是祖孫關係。」任芊芊把兩份報告疊在一起，「除非劉宇恆有一個同卵雙胞胎的兄弟，否則，死者既是劉宇恆，也是羅嘉盛。」

「他們是同一個人？」李秩明白過來，他撥了內線電話給魏曉萌，「曉萌，通知一下羅嘉盛的家人過來，另外通知大家歸隊，案情有新進展，一個小時後開會。」

「新進展？好的，我馬上通知大家。」

「其實時間是能接上的。」李秩剛安排完，在一旁翻看劉宇恆和羅嘉盛兩人失蹤報案紀錄的徐遙就開口了，「劉宇恆是二〇〇一年三月分失蹤的，失蹤時二十七歲；羅嘉盛是在二〇〇一年九月分在杉水鎮羅家村被發現，根據村長的筆錄，羅嘉盛說自己是從詐騙組織逃出來的，身分證明也被銷毀了。村長帶他去警察局報案，但是他所說的詐騙組織已經人去樓空，他提供的家人聯繫方式都是空號，地址也沒有人，而且他在裡面遭受了非人的虐待，十指都被燙傷，無法獲取指紋。他無家可歸，只能在羅家村生活。經過了一年多，二〇〇二年年末，終於讓他重新辦理戶籍，在羅家村落戶，後來還結婚生子。他的老婆叫羅曼娟，兒子叫羅安，一家三口一直生活得好好的，直到羅嘉盛在二〇一二年失蹤。所以很有可能是劉宇恆被人綁架洗腦，或者是他自己編了一套故事，從劉宇恆變成了羅嘉盛，只是後來又遭遇到什麼事故，被人埋屍在廢棄工廠底下。」

「可是當年劉宇恆失蹤時，有國家體育局的呼籲，整個悅城甚至全國都很關注這件事，他的肖像隨處可見，他想刻意隱瞞身分也很難吧？」

「如果兩人的面容相差太大呢？」徐遙把劉宇恆和羅嘉盛的照片放在一起，兩人的相貌的確天差地遠，劉宇恆是圓臉寬額，蒜頭鼻，薄薄的嘴唇和炯炯有神的雙眼顯示出運動員的精神；而羅嘉盛則是方臉高鼻，嘴唇很厚，眼睛形狀雖然很像但頹唐無措，就像一個漂泊異鄉的無根之人，「看到這兩個人，警察也不會想到他們是同一個人吧？」

「我看看。」張紅把兩人的照片拿在手裡，一左一右對比，「從頭骨的形狀看比較像劉宇恆，但羅嘉盛的容貌其實跟劉宇恆相差不大。」她拿起桌上的鉛筆，在羅嘉盛下頷骨處劃了兩道，「在這兩邊植入假體，就能變成方臉；鼻子做鼻翼縮小手術，再置入假體也能變成高鼻；嘴唇也可以透過注射變成厚唇。」

「可是注射類整形不是會被吸收嗎？」李秩皺眉，「這張照片是發現他一年後才拍的，用於辦理戶籍，一年多還沒吸收完嗎？」

「如果注射玻尿酸的話，的確很容易被吸收，但如果他注射的是脂肪就不一樣了，一般注射兩到三個月會被吸收百分之三十到一半，要注射第二次，但第二次注射後，效果就很持久。劉宇恆失蹤和羅嘉盛出現之間有半年之久，他完全可以把嘴唇永久變厚。」張紅本來很有把握，卻又忽然搖頭，「可是這些都是不用動到骨頭的整形，現在他已經變成一具白骨，沒辦法驗證他到底有沒有整形。」

「等一下，矽膠不是非常難降解嗎？」徐遙向李秩問道，「現場沒有發掘到類似矽膠的東西嗎？」

「技術組的同事還沒分析完。」李秩搖頭道，「現場是一處施工工地，已經被挖掘了五、六公尺深，土層結構跟泥土裡的東西都被混在一起了。要不是剛好有人發現底下有骨頭，挖土機一砸下去，我們現在可能還在拼黏碎骨。技術組從現場搜回來的東西太多了，還沒有全部完成。」

「就算很難降解，但已經依附在他骨頭上十年了。十年是大多數矽膠假體的極限，一般都要進行更換，否則會出現老化、硬化甚至膨脹變形。」任芊芊主動提議道，「我們再仔細檢驗一下頭骨，看看有沒有矽膠殘留。副隊長，這次是我們工作失誤，請你原諒。」

「妳們沒有出錯啊，還幫我們指引了一個新的調查方向。」李秩真誠寬慰道，「劉宇恆失蹤了十幾年，但羅嘉盛失蹤才五、六年，時間大幅度縮短，他所接觸的人事物也多了很多，我相信沒有人能夠真正消失，一定會留下證據的。」

「副隊長說得對，我們一定全力補救。」張紅拍拍任芊芊的肩膀，「來吧，我們一起重做，有沒有很懷念當年在學院裡一起熬夜趕作業的感覺？」

任芊芊笑著抓住張紅的手：「那副隊長的恐怖程度遠遠不及我們系主任了。」

「骸骨方面麻煩妳們了，我們去技術組一趟。」

李秩對兩位鑑證專家抱有絕對的信任，他和徐遙趕去技術組，剛進門就撞上了一堵肉牆：「哎喲！趙哥，我正打算找你呢！」

趙科林揉揉被撞疼的鼻子：「不是說我會幫你送過去嗎？你還一直往這裡跑，我鼻子本來就扁，這下子更扁了，要去填充假體了！」

李秩兩眼發亮：「趙哥，你這麼說是不是因為在現場的泥土裡發現了經常作為整容假體的醫用矽膠？」

「咦？你怎麼知道？」趙科林愣了愣，「法醫那邊也驗出來了？」

「正在努力。」李秩一把奪過趙科林手裡的報告，快速瀏覽各種成分分析，「醫用矽膠顆粒……為什麼是顆粒？」

「醫用矽膠本來是相當穩定的，但那間電鍍工廠估計違規傾倒廢水，日積月累，滲透進了泥土中，引起矽膠硬化脆化，工程開挖，就震碎成顆粒了。」趙科林道，「如果能在骸骨上檢驗到同樣的殘留，就可以說明這個人整容過了。」

「謝謝趙哥，幫了我們一個大忙。」李秩一邊道謝，一邊把報告塞進徐遙手裡，

「我們回去跟大家一起研究。」

「可是你不應該先問一下羅嘉盛的妻子，再整理線索？」徐遙接過報告，李秩已經轉身往回走，他只能快步跟上。

「要問啊，但是你看報告比我快嘛，節省時間！」

「我覺得你們應該給我一個職位了。」

「嗯！我跟隊長申請！」

「開玩笑你也聽不出來啊？真的跟張藍申請他肯定罵死你。」

李秩和徐遙說著話消失在走廊盡頭，趙科林歪著頭扶著眼鏡詫異道：「那個人是誰啊？」

「趙哥，徐遙你不認識嗎？」技術組的組員湊過來，「那個暢銷書作家，寫偵探小說那個。」

「那他怎麼在我們這裡，還那麼輕車熟路的感覺？」

「趙哥，你又一次刷新了我對『宅』的認知。徐遙來我們警局當顧問都快半年了，全區都知道他是副隊長的偶像，你居然連他是誰都不知道？」

「他又不是我的偶像！我幹嘛要知道他是誰！」

杉水鎮雖然規劃上屬於悅城，但地理位置來說，它已經快到隔壁的城市了。羅曼娟接到警局電話時，帶著兒子羅安坐了最早一班公車，顛簸了大半天才來到這裡。現在她還沒回去，和兒子在市裡的親戚家裡待著，想要等到結果才回杉水鎮。於是魏曉萌打電話通知她的時候，她很快就到了。此時，她看著那份鑑定結果，抓著一把衛生紙不停地擦眼淚，碎念著「我早該知道」「我早該死心」之類的話。

「羅曼娟女士，請妳看清楚這張照片，這是不是妳的老公羅嘉盛？」

偵訊室裡，李秩和王俊麟在進行訊問，他們把羅嘉盛的照片放到羅曼娟面前讓她指認，羅曼娟看了看，很肯定地點頭：「這就是我老公。」

「那，請問妳認不認識這個人？」李秩把劉宇恆的照片放在羅嘉盛的旁邊。

羅曼娟擦乾眼淚，看了一會劉宇恆的照片，搖頭：「我不認識這個人。」

李秩看了看王俊麟，王俊麟把幾張裁掉了臉部，只有身體部分的照片放出來，「那妳看看這些照片，妳覺得這個人的身形像不像妳的老公羅嘉盛？」

羅曼娟皺著眉頭端詳了一會，猶豫不決：「不是很像，但有幾個角度又有點像……我也說不上來，我老公是普通的農村男人，很壯很結實，光看背影認不出來。」

「妳應該知道，妳老公的來歷有些蹊蹺，能不能請妳說一下，他在和妳生活的這幾年裡，有沒有跟妳說過與他的過去有關的事情？」

「他斷斷續續地說過一些，他說他家裡的父母早就過世了，只有一個叔叔撫養他長大，但後來也找不到那個叔叔，他說可能是因為他被詐騙組織騙了，他叔叔害怕他會把他拖下水所以搬走了。但他在詐騙組織裡受了很大的傷害，忘了很多事情，我不想讓他傷心，也就沒有多問。」羅曼娟問道，「是不是找到他的叔叔了？」

「我們還是先關注案件本身吧。」李秩繼續問道，「在當年的筆錄裡，妳說他失蹤前精神恍惚，懷疑他是得罪了什麼人，但是調查結果顯示他並沒有和誰結怨。關於他精神恍惚的細節，妳還記得多少？」

「我全都記得，這幾年來我天天都在想他到底是因為什麼而失蹤的，我在心裡回憶了幾千遍幾萬遍了！」這句質疑戳痛了一個失去丈夫的女人的心，羅曼娟本來還算冷靜，這下子瞬間哭了起來，「他那陣子經常恍神，無論做什麼事情都會忽然發呆。我有好幾次喊他，他回頭看我，但那眼神陌生得好像不認識我一樣……對，他在那幾秒的時間裡真的不認識我了。他還會看著鏡子自言自語，說這好像不是他的臉，我被他嚇到了，但他又說他的意思是自己老了。可是我覺得他對自己容貌的疑惑是認真的……他有幾次天剛亮就到院子裡跑步，我喊他，他也不知道自己在幹什麼。我說要帶他去看醫生，他又不肯，他失蹤前一天跟我說他已經想清楚了，他要去處理一件事。我覺得他肯定是發生了什麼，當年警察說他也許又被什麼組織騙走了，但現在真相終於水落石出，他是被人害死的！我就說他肯定是出了什麼事！你們都不信！現在才來調查！人都沒了！都沒了！」

羅曼娟泣不成聲，李秩跟王俊麟好言相勸，讓她先冷靜下來，找了一個值班的員警陪伴她到休息室，才回到了辦公大廳整理案情。

「綜上所述，雖然法醫那邊還沒有找到確鑿的證據，但這個羅嘉盛，幾乎可以肯定是劉宇恆經過整容而重新獲得的身分。」

一個小時後，警察局的隊員都回到了辦公大廳，魏曉萌依舊擔任簡報人員，她一邊說的時候，王俊麟就已經把整理好的資料投影出來，大家都認真做著筆記。徐遙看著他們討論案情，但心裡想的卻是另外一件事。

劉宇恆當年的失蹤和他父親的死有關係嗎？他為什麼要刻意隱姓埋名，改頭換面？難道他做了什麼，或者知道了什麼會惹來殺身之禍的事？

「十幾年前能夠進行整形手術的醫生和診所不多，等天亮之後，我們各自到分配的地區詢問。雖然時隔多年，但劉宇恆身分特殊，我想一定會有人知道一些風聲的。」李秩安排完工作，看了看徐遙，「徐老師，你有沒有什麼要補充的？」

「嗯？」徐遙回過神來，「對了，劉宇恆重視名利，有清晰的人生追求和前進方向，他不是那種走投無路才去找黑心醫生整形的人。如果他有意隱藏身分，那麼他一定會安排得很好，這個醫生不只是一個嘴巴嚴密的人，還能幫助他找到、或乾脆提供他整形恢復期的修養住宿。他的臉改動不少，修養期一定不短，一定有人知道的。你們尋找的時候可以詢問當年他們診所的規模、有沒有護士之類的，能提供越多服務的越需要留意，其他的就要靠你們來判斷了。」

「明白。」

眾人散去後，徐遙還坐在椅子上，似乎在深思什麼。李秩見狀，輕聲問道：「怎麼了？是不是有什麼疑惑的地方，或者還沒有找到證據的推測？你不如說出來，我們一起討論？」

徐遙轉過頭看他，饒有興味地挑著一邊眉毛說道：「李警官，你真的很像一個隊長了。」

徐遙平日不是高冷面癱就是刻薄毒舌，偶爾為案情感觸時也只是表情柔和一點罷了。這個挑眉調侃的生動表情讓李秩一陣心跳，但現在辦案為先，他乾咳兩聲，繼續問道：「我本來就是隊長。好了，別開玩笑了，有什麼線索嗎？」

徐遙也不逗他，示意李秩借一步說話。兩人進了辦公室，他才把自己收集的、有關他父親案件的相關資料給李秩看。「我在袁伯伯書店的舊報紙裡發現了一張舊照片，是我父親組織的精神研究所的人員合照，其他人都很正常，但其中卻有兩個我們的熟人……」

「媽？」

徐遙給李秩看照片是想指出李陽華和劉宇恆都在，沒想到李秩卻盯著那個技術人員郭曉敏，詫異問道：「這是我媽！她怎麼會在你父親的研究所？」

「什麼？」徐遙也同樣驚訝，「郭曉敏是你的母親？」

「我還能認錯自己的媽媽？」李秩皺眉，「可我媽是悅城醫院生命科學研究所的研究人員，不是什麼精神研究所啊？」

「根據紀錄，她應該算是外援，負責一些病理切片之類的技術工作，」踏破鐵鞋無覓處，徐遙有點興奮，「我可以問一下她關於我父親的案子嗎？」

李秩黯然神傷：「她回答不了……她已經不在了。」

徐遙收斂起剛剛露出的喜悅，垂下頭去：「對不起。」

「沒事，是很久之前的事情了。」李秩嘆口氣，「你接著說吧，有什麼不對勁的地方？」

「嗯，就是，不止劉宇恆，還有李陽華，都曾經在這間研究所裡學習過……」

徐遙心裡閃過一抹濃重的內疚，李秩對他可以說是無微不至，大小事都體貼照顧，就連他父親的案件他也兼顧在心，可是他卻連他母親去世了都不知道……不，不止是這件事，除了李秩主動向他提起的，他對他根本一無所知。

徐遙抬起頭來，李秩正聚精會神地打量著那張照片，並沒有發現他看著他的目光變得有點複雜。他一直覺得李秩是那種充滿正能量的人，他的工作就是在曠野中追尋真理，哪怕逆風前行。

可是他也記得魏曉萌說過，副隊長以前是個冷冰冰的工作狂，只有對張藍才會露出一些情緒；他也記得王俊麟以前不太聽李秩的話，覺得他是靠著父親的關係空降的關係戶，但李秩一直不在乎也不解釋；他也記得在楊雪雅看來，李秩就是一個缺乏家庭關懷的人，經常把他叫到家裡吃飯，時不時就煮奶茶給他喝。

他明明有那麼多面，卻只把最溫柔美好的一面呈現給他，而他就那麼理所當然地認為他就是光明的來源，一點也沒有想過，即使是太陽，也會有被烏雲遮蔽的時候。

徐遙的手指動了動，似乎想要摸一下他。

「李陽華？」李秩把手機圖片放大看著那個坐著輪椅的人，「真的是他……拍攝於一九九七年元旦，也就是二十年前……劉宇恆也是這個時候退出國家隊的，他的失蹤和其他人有什麼關係嗎……徐遙，徐遙？」

「嗯？」徐遙只顧著盯著李秩看，一下子沒反應過來，「你說什麼？」

「我說劉宇恆的失蹤會不會和其他研究所的人有關。」李秩放下手機，轉過身正對著徐遙，「你怎麼了，怎麼神不守舍的？他跟你父親的案件也有關係嗎？」

「沒什麼，只是有點累。」徐遙把手塞進口袋，「你怎麼好像不驚訝劉宇恆認識你媽媽？」

「我不是跟你說過，我在紅姐的畫廊裡遇到了林森教授嗎？他認出我了，告訴我他們曾經是同學，後來還有工作上的交集，但我沒想到他的意思居然是指他們都待過你父親的研究所。」

「森哥？」徐遙愕然，「李秩，你媽媽是什麼時候不在的？」

「我十歲……就是一九九七年。」李秩疑惑，「為什麼這麼問？」

徐遙的心沉了一下：「具體是幾月？」

「十月十二日。」李秩好像想起了什麼，「徐峰教授是同年五月去世的，而劉宇恆則是在那一年年初退役的。」

一種詭異的陰謀感掠過心頭，徐遙想，同一年同一間研究所發生的巧合是不是太多了？

「我父親的情況你很清楚，那你的母親是什麼原因？」

李秩搖頭：「警方定案是入室搶劫，她是在實驗室被發現的，因為丟失了一大批藥品，其中還有不少嗎啡和美沙冬，因此斷定是癮君子入室搶劫殺人，但是一直沒有找到真凶。」

「李秩，你願不願意相信我？」徐遙深呼吸一口氣，「我覺得我父親和你母親的死是有關聯的，但我沒有任何證據，只是單純的直覺。」

「我當然相信你，但就算我相信你，我們能做些什麼呢？」李秩嘆氣，「我母親的卷宗我看得都能背下來了，但我完全沒有發現和徐峰教授的案件有關的線索。」

「你給我一點時間。」徐遙自嘲般地笑了笑，「當然也有可能什麼收穫都沒有。」

「那我們就繼續一起尋找，直至找到為止。」李秩手抬到一半又收了回去，他握緊拳頭，手指緊了又鬆，仔細地斟酌著言辭。他不想給徐遙壓力，但他很想把自己的熱忱剖開給他看，「我也希望你能相信我，不要什麼事情都獨自面對，我真的挺可靠的，不只是應付街坊鄰居和犯罪分子的時候……」

「張紅她們應該也要忙一整個晚上，」徐遙打斷了李秩的話，「整形醫生的線索也沒有那麼快調查清楚，你還是先回去睡一覺吧，你已經不止熬了三十六個小時，別猝死了。」

「好，那我先送你回去？」李秩知道徐遙打斷他的意圖，但他還是想掙扎一下。

「不用了，你的車不是張紅的嗎？」徐遙搖頭，他現在不宜看見李秩的臉，「我先走了。」

徐遙說罷，乾脆俐落地起身開門關門，李秩都還沒來得及反駁，人就已經快跑到大門去了。

李秩深深地嘆了口氣，他開始明白為什麼有的人願意在聊天軟體上打長篇的文字，卻不想接到一通電話——面對面的聊天，任何一方都有隨時終止談話權利。

那還不如我寫評論給他呢！

李秩默默打開網路平臺，卻始終沒有發出一條評論。

他願意等，等到徐遙願意繼續聽他說下去的時候。

法醫工作室裡，那具仍未能完全確定身分的白骨被取了出來。頭骨被劃分成了數塊三平方公分的區域，張紅逐一從每個區域裡收集微量的骨粉，總共五十多份檢驗材料，標注封裝，一起送到悅城化驗所，任芊芊和所有相關人員一起工作，一直到深夜兩點多，仍在等待檢驗材料的化驗結果。

「不然妳先回去睡吧，」任芊芊倒了一杯熱茶給跟她一起來化驗所等待的張紅，「現在人工作業的步驟都完成了，就等機器分析，妳在這裡乾等也沒用。」

「芊芊，妳知道我當初為什麼選了法醫而不是鑑識科嗎？」張紅接過水杯，搖搖頭示意自己可以等，「我就是討厭這種人工步驟都完成了卻還是什麼都不知道的感覺。鑑識太需要耐心去等待了，我不行，要是讓我一直一個人等待結果，我可能會瘋掉。」

「口是心非，妳不是一直一個人等著蘇旅？」

平日都是張紅調侃別人，但到了任芊芊面前就只能等著被調侃。任芊芊一語中的，張紅沉默了一會，把嘆的氣都吹到熱茶裡：「還在工作呢，幹嘛又提到他？」

「好，那我們說工作，」任芊芊把一條厚圍巾展開，當披肩一樣披在張紅身上，「如果妳是劉宇恆的媽媽或羅嘉盛的老婆，妳寧願是我們驗錯了，親人還有可能在世界上某個地方生活著，只是不知道有沒有機會等到確切的消息；還是寧願我們是對的，妳可以不再牽腸掛肚，不必再體驗一次次的希望和失望，即使那個人已經死了，妳再也見不到他，無法和他交流，也不知道他人生的最後經歷了什麼，有沒有想要跟妳說的話？」

「妳這是名副其實的送命題。」張紅笑了一會，才裹緊了圍巾，往椅子裡窩了窩，「可是芊芊啊，如果我有得選，如果這是可以選擇的事，它就不是一個值得妳煩惱的問題了。」

「嗯？」

「妳自己思考吧。」張紅朝皺眉頭的任芊芊拋了個俏皮的媚眼，伸了個懶腰，靠著椅子閉眼小憩。

「好吧……」任芊芊無奈地聳聳肩。

任芊芊家境殷實，皮膚白皙，容貌美麗，然而她從來沒有談過戀愛，最接近愛情的時刻，也不過是旁觀了好友張紅和蘇旅從相識到相愛的過程。她參悟不了張紅那個近乎哲學的回答，只能放下疑惑，檢查機器的化驗進度。

五十多份檢驗材料陸續得出了化驗結果，張紅和任芊芊快速瀏覽著厚厚的化驗報告，各種成分幾乎一致，偶有一些重金屬成分，也是電鍍廠廢水汙染的常見物質，一切彷彿都在說明這只是一具普通的人骨，找不到她們猜測的整形過的痕跡。

「怎麼會這樣？」這次的檢驗材料都是張紅親自從那副骨頭上採集下來的，絕對不可能弄錯。那外貌如此迥然的兩個人，怎麼會有著一樣的DNA呢？

「紅，妳看這個丙烯醯胺，」任芊芊注意到一項常見的化工原料，「我記得這個東西是用來淨化水體、加工紙漿的，怎麼會出現在電鍍廠？」

「是奧美定！奧美定如果在人體裡降解就會生成單體丙烯醯胺！」張紅馬上搜了一下網路資料，「對了，十幾年前正是奧美定大規模爆發後遺症的時候，它在二〇〇二年被正式禁用，但難保一些黑心診所仍然用它填充整形。劉宇恆在二〇〇一年失蹤，很有可能遇到一些黑心診所想要盡快清理存貨，就用在他身上了。」

「奧美定是注射水凝膠，的確可以不動骨頭就改動面部特徵，」任芊芊拿過對比清單，「查出有丙烯醯胺的部分集中在兩頰，鼻梁上倒是沒有。」

「兩頰經常運動，說話咀嚼，甚至是一點表情都會牽動，如果植入矽膠假體會很突兀，用奧美定比較自然，鼻梁的話應該是用矽膠假體。」張紅鬆了口氣，現在可以肯定劉宇恆是透過整形變成了羅嘉盛，DNA結果並沒有出錯，「芊芊，辛苦你們了。」

「我是在為我的工作盡職負責，妳謝我幹嘛？」任芊芊伸了個懶腰，往桌子上一趴，「啊……天都快亮了……我們趕緊把資料整理好送回去給副隊長吧，他們也差不多開始工作了。」

「好，那妳休息一下，我把結果送回去。」張紅站起來，用力揉了揉任芊芊的頭髮，「晚上請妳吃飯！」

任芊芊笑了，對她的舉動毫不反感，像隻小貴賓狗一樣任張紅搓揉，她趴在桌子上看著張紅遠去的背影，長長地舒了口氣。

經過一夜養精蓄銳，早上八點半，永安區警察局的人都恢復精神。他們按照任務安排，開始分區調查。而李秩則和王俊麟一起開車到了杉水鎮羅家村，羅嘉盛——也就是劉宇恆和羅曼娟的家裡尋找蛛絲馬跡。

羅家村位於杉水鎮東南部最高處，再過去十幾公里就是一片片果園。時值深冬，地上覆著一層層的保溫膜，車子不好行駛，於是李秩他們下了車，跟隨羅曼娟走到他們家那兩層的小別墅。

「羅小姐，你們家的環境不錯啊，」王俊麟打量了一下四周，其他村民都是平房，只有這一幢樓有點別緻，「可是小安上學很不方便吧？」

「我們在山下還有一間房子，小安上學的時候就住在山下，放假的時候才到這裡來。」羅曼娟整理了一下沙發，請他們坐下，「你們請坐。羅安，去幫叔叔們倒水。」

「不不不，不用麻煩了，我們到處看看就好。羅小姐，麻煩妳把羅嘉盛的所有身分證明檔案，包括病歷都拿過來一下。」

「好的，我去找找，你們等一下。」

趁著王俊麟和羅曼娟閒聊，李秩悄悄在房子裡巡查。這棟房子的裝修真的不錯，格局方正，柱梁合理，還做了八〇年代很流行的假羅馬式門拱。

羅嘉盛是個來歷不明的外人，就算在這裡落地生根也不可能賺到這麼多錢，估計是羅曼娟娘家富有，把羅嘉盛招來當上門女婿了。

房子外面用圍欄圍了一座小花園，花園裡的花圃早就沒有了花草，只有一片泥沙，成為了羅安的玩耍的地方，彩色的塑膠小鏟子還放在旁邊。羅安縮著手腳蹲在門口，對他投來警惕的目光。

李秩逗他：「我是警察，現在要搜查這座小花園，請問你是這座小花園的主人嗎？」

羅安站了起來，雙手背在身後，像個小大人似地回答：「是的，但你為什麼要搜查我的小花園？我沒有做壞事。」

「因為羅安的爸爸不見了，警察叔叔想要把他找出來。」李秩招招手，羅安回頭看了看屋裡，沒看見媽媽，才猶猶豫豫地走了過去，「小安，你記得爸爸是個怎樣的人嗎？」

羅安搖頭：「不記得。」

也對，羅嘉盛失蹤的時候，羅安才一、兩歲。李秩換了個問法：「那媽媽有沒有跟你說過爸爸是個怎麼樣的人？」

「我爸爸是個很厲害的人！」羅安兩眼都冒出精光，手舞足蹈地劃了一個大圓圈，「媽媽說，這裡，那裡，還有那裡，都是爸爸買的！爸爸是最厲害的人！」

「爸爸買的？」李秩一愣，他指了指房子，「屋子也是爸爸買的嗎？」

羅安使勁點頭：「對！不止這間房子，還有那間房子！那裡的樹，那裡的樹，都是我們家的！」

「小安，你在幹什麼！」羅曼娟匆匆跑來，把孩子拉到身邊，又向李秩道歉，「對不起李警官，小孩子胡言亂語，你不要理他。」

「羅小姐，我問一句，妳是從事什麼工作的？」李秩拍拍手站起來，摸摸羅安的頭安撫道，「羅嘉盛失蹤五、六年了，你們家的收入還能夠維持生活嗎？」

「我們進屋再說吧。」山裡寒涼，羅曼娟讓孩子回到屋裡，關好門，才坐下來向他們坦白，「錢財不可外露，而且我們母子孤苦無依，你們不要責怪我太過謹慎小心。」

「沒事，羅小姐，妳說。」李秩進了屋子，才發現桌上擺了一疊文件，全都是財產相關的——羅嘉盛這麼有錢？

「我老公當年的身分成謎，大家都不待見他，他就本本分分地上作賺錢。一開始是幫別人打工，照顧果園，那一年大豐收，他又早早和中盤商談好價錢，第二年開始，他就變成合伙人了。」羅曼娟道，「他懂得多，又會講話，村裡的人對他的態度就變了，大家都跟他一起做生意，慢慢地就存了很多錢，後來他還投資什麼股票，我不太懂，他叫我不要告訴別人，錢就賺得更多了，我們也過得越來越好，還有了小安，誰能想到……」

羅曼娟說著說著哽咽了起來，李秩推了羅安一把，讓他抱抱她。羅安會意，一把摟住媽媽。

李秩垂首翻看那些證件，心中的疑惑仍未打消。羅曼娟說羅嘉盛靠做生意炒股賺錢，但除了一些外包合約，並沒有發現其他的資產證明，炒股也應該有股票帳戶，而他在屋子裡檢查過了，這裡不僅沒有連接網路，連電腦都沒有。

「羅小姐，羅嘉盛第一年賺的錢大概是多少妳知道嗎？」李秩翻了一會，找到一份果園的股份轉讓合約，應該就是第二年羅嘉盛參股果園的份額。

「那時候我還沒跟他在一起，不太清楚。」羅曼娟擦了擦眼淚，「但是滿忠叔——就是那個果園的主人，他高興得不得了，逢人就說賺了五百萬，我們都覺得他吹牛，但一百萬是肯定有的。十年前的五百萬可不是一筆小數目啊。」

李秩皺起眉頭，可是這份股份轉讓書，是以一百萬的價格把果園四成股份賣給羅嘉盛，就算第一年真的賺了五百萬，分到羅嘉盛手中的也不可能有一百萬，他的錢是從哪裡來的？

這起失蹤案件好像越來越複雜了。

「羅小姐，妳說的滿忠叔住在哪裡？我們想去問幾句話。」

看到那份長長的死者名單，再怎麼鐵石心腸的人都會覺得難過。楊帆忍不住紅了眼眶，這不是普通的死者，他們全是被謀殺的嬰兒，還沒有來得及看清楚這個世界就離開的無辜生命……

徐遙的鏡片上映照著不斷跳動的字元，密長的睫毛微微地顫動，如果此時在他的頭上貼上腦波測試貼片，一定會發現他的胼胝體在飛速地運作著，不斷地交換著左右腦的資訊和指令，讓他把構思組織成文字，再指揮手指運動，敲打出不同的文字。

但今天徐遙覺得自己管理情感的右腦運作得比管理邏輯的左腦劇烈。他每寫幾行字就要停下來深呼吸一口氣、喝一口水，才能繼續接著寫下去。而寫出來的文字也無端偏向了心理描寫，明明準備要揭開真相，卻感覺主角楊帆還有很複雜的內心感受必須交代清楚。

楊帆這個角色是他在一個多月前開始的新連載的主角，他以前寫的偵探都是自由職業者，但楊帆是個警察，原本他的設定是制度下的異端，是不服從組織的愚蠢安排、獨自追求真理的孤膽英雄；但他寫著寫著，卻不由自主地賦予了他更多的感情，不再把追捕犯人當成鬥智鬥勇的過程，而是保護平凡人幸福的使命。

這和他過去大受歡迎的徐若風系列大相徑庭，徐若風是一個把一切人際關係都看得很淡然的人——至少他表現得很淡然。為了中和他這種個性，還必須替他安排一個凡事都很熱心的搭檔三木，不然他根本無法和案件發生關聯。

這種冷淡不廢話的風格加上他的專業知識，迎合了近年火熱的、依從犯罪心理學而建立的推理套路，而楊帆的個性顯然讓他的書迷產生了些許不適。翻看評論，不乏覺得徐遙江郎才盡要寫狗血套路的聲音。

為什麼人有了感情就是狗血套路呢？徐遙一開始不太接受這種批評，但最近他開始明白其中的關係——他在不知不覺間把楊帆當成了李秩，楊帆陽光、正義、執著，卻又帶點幼稚的脆弱，跟李秩一模一樣。

徐遙的手指在鍵盤上停了一會，還是點了保存，關上電腦，讓自己倒在床上。

怎麼會這麼巧呢？

徐遙看著那面貼滿了線索的木板，郭曉敏的名字下面是他新寫上的註解：**李秩母親，李泓妻子**。

那張合照上的人，現在已經死了四個，剩下的三個人又全都是心理學方面的權威。林森自不用說，王志高是最具分量的精神科醫生，白源峰的上司；唐楚紅則是最受歡迎的心理教育學家，任何跟培養兒童有關的節目，只要顧問有唐楚紅的名字，就會有無數家長收看。

但是，僅憑這種巧合斷定他們三個人合伙害死其他人、搶奪科學研究成果也有點牽強。就徐遙所知，父親所做的研究還只是理論分析，沒有任何實驗成果。況且，一個是體弱多病的癲癇患者，一個是提供技術支援的外援人員，一個是旁聽的退役運動員，就算要搶奪成果也輪不到他們，怎麼想也應該是他們三個專業科系出身的先彼此陷害吧？

難道真的只是風水不好、運氣不佳，造成了這四起悲劇嗎？

徐遙想起李秩說出「很久之前的事情了」的悵然。

是的，時間已經過去很久了，但他知道，在抓到真凶之前，再久的事情都不代表過去。

真凶。

想到這兩個字，徐遙自嘲地笑了笑，起碼李秩能肯定自己是在追捕真凶，而他卻有可能找到最後，才發現自己就是真凶。

他猛然拍了自己一巴掌，孫皓的暗示還是對他產生了一些影響，讓他已經有點動搖，甚至開始自暴自棄地認為自己就是凶手了。

那是不是因為這些影響，讓他拒絕了李秩的一切示好？

徐遙甩了甩頭。不行，他不能在這個時候思考這些問題，這會讓他多了無端的負疚感。

還是睡覺吧，別再想了。徐遙站了起來，到浴室洗了個澡，吃了半顆安眠藥，讓自己完全沉入睡夢之中。

早上十點，裘飛飛咬著半個漢堡慢悠悠地來到畫廊開門，卻見往日麻雀都沒幾隻的店門前站著一個超級大帥哥，頓時嚇得她把漢堡塞進背包，擦一擦嘴邊的沙拉醬就小跑過去搭訕：「你好，請問有什麼能幫到你嗎？」

徐遙轉過頭，看見這個紮著包包頭的小女生後，忽然有點想笑。雖然專業不一樣，但她跟法醫室那個助理小阮看起來完全是同一種類型的女孩，這算是張紅的偏好嗎？

「妳好，沒有什麼麻煩，我只是想看看畫而已。」

「好啊好啊，我馬上開門，你隨便看！」裘飛飛連忙打開門鎖，把這位帥哥請了進去，「你隨便看，展示品不夠的話還可以看我們的目錄！」

徐遙笑了笑，隨手拿起一本放在櫃檯的目錄說道：「不用麻煩了，我看這本就可以了……嗯？」

「怎麼了？」裘飛飛瞄了一眼，那是昨晚張紅帶來的客人看的目錄，「哦，這是昨天一個客人的特殊要求，是關於占星術主題的目錄，你想看別的主題嗎？我可以幫你拿！」

「不是，我挺喜歡這個主題的……」徐遙竊笑，怪不得要送我一幅畫，原來是近水樓臺，「妳先忙去吧，我自己到處看看就好了。」

「哦，好的，那你慢慢看。」裘飛飛戀戀不捨地偷看一眼，才跑去做開店準備，她把展示燈都打開，為畫廊的畫作增添了最適合的點綴。

剛剛在門口那幅被轉了方向的畫，徐遙現在總算可以一睹風采了。

畫面上是大片飛揚的紅色，深紅、血紅、朱紅、淺紅，明暗不一地構成了強烈的視覺效果，但一開始的震撼過後，就覺得底氣有點不足，儘管可以看見薄紅色後方透出隱約的黑灰色頹垣敗瓦，大概能感受到這幅畫是想表達火焰能摧枯拉朽吞噬一切，但總感覺那些黑灰色是作者不自信的表現，生怕別人看不懂他在畫什麼而加上的，少了一些能毀滅一切的火焰該有的狂傲。

悶悶的隆隆聲讓徐遙回過頭來，只見裘飛飛推著一臺小貨車運出一幅畫，他跑過去幫忙，「怎麼讓妳一個女孩子做這種工作？這裡沒有男店員嗎？」

「沒事，我還經常背著畫架上山下海呢。」裘飛飛拍了拍纖細但有力的手臂，她把畫推到剛剛徐遙觀看的那幅畫前，看樣子是要把畫換下來。

徐遙忍不住問道：「我覺得這幅畫也不錯，為什麼要換掉？」

「啊？」裘飛飛臉上一紅，向徐遙鞠躬，「謝謝你，但這其實是我臨摹的。昨天有一位紳士也因它而駐足。我想，臨摹的畫作都這麼吸引人的話，那我把原作展示出來，應該可以吸引更多客人吧。」

徐遙驚訝道：「原作？」

「嗯，這是我的啟明星兼這家畫廊的主人蘇旅老師的畫，噔噔噔——」

裘飛飛掀開覆蓋畫作的保護層，徐遙覺得自己似乎瞬間被烈火吞噬，不由得往後退了一步。

如果說裘飛飛的臨摹是民房火災，那麼蘇旅畫的這幅就是山林大火了。濃烈處更濃烈，淡薄處根本像沒著色，彷彿是焚燒過後的蒼白，那些附和大眾的殘桓斷壁沒有了，只剩下一點點飛舞的黑色灰燼，初看時還以為是畫作上沾染了灰塵，仔細一看才發現那是一切都化作飛灰。

「妳的老師挺張狂的。」徐遙指了指火焰中心那一縷若有似無的灰色，「妳會不會經常被他罵？」

裘飛飛卻嘆了口氣：「他失蹤好幾年了，也聽不到他罵我了。」

徐遙一愣，怎麼又是一個失蹤的？

「聽說你們這裡的老闆是法醫，不是嗎？」

「哦，你是說紅姐嗎？她是我們的老闆娘，老闆是蘇旅老師喔。」

「張紅結婚了嗎？」徐遙又一愣，沒看她戴過婚戒啊。即使是職業原因不常佩戴，一般也會繫在項鍊上隨身攜帶。

「差不多結了……咦，你也認識紅姐嗎？」裘飛飛眨眨眼，「怎麼警局裡那麼多帥哥紅姐也不介紹給我啊！」

就……介紹給妳性別也不太符合啊……

徐遙心裡暗暗吐槽：「其實，我是昨天那位林森教授的朋友，他說這裡的畫作很不錯，我就慕名來參觀一下。」

「啊，原來你是林教授的朋友，難怪一樣這麼有氣質。」裘飛飛連連點頭，「你慢慢看吧，我先去忙了，你要喝什麼嗎？雖然只有可樂和白開水。」

「沒關係，妳去忙吧……對了，有沒有蘇旅老師專屬的個人目錄？」徐遙也很想感受一下能打動張紅的人的才華。

「有的，我時時刻刻都在學習呢。不過，蘇老師說過，人最重要的是要有任何時候都可以把一切歸零重新開始的勇氣，他一直不希望我學習他。」

裘飛飛嘟了嘟嘴，徐遙倒是覺得蘇旅說得很對：「雖然我只是看了一幅妳臨摹的作品，但我覺得妳是一個很溫暖的人。妳在臨摹的時候添加了一些建築物，是不是因為妳並不希望一切都杳無痕跡，即使只有斷磚片瓦，也希望能留下一點存在的證據，就像那些在歷史長河裡毀於戰火的藝術品？」

裘飛飛愣住了，她看著徐遙，眼眶慢慢地紅了，她快速低下頭揉了揉眼睛：「對啊，我這種個性還想學蘇老師瀟脫豁然，真的是……」

「沒有任何人規定瀟脫豁然就是高雅，珍惜當下就是俗氣，何況，俗氣本身也不是個貶義詞。芸芸眾生，誰不是這個俗世裡摸爬打滾的人呢？」徐遙笑了笑，伸手輕拍裘飛飛的肩膀，「不好意思，我以前是當老師的，一不小心又開始說教了。」

「不會不會，我願意聽你說教的！」裘飛飛連忙搖頭，「對了，還沒有請教你的大名？」

「我叫徐遙。」徐遙覺得自己好像說太多了，他瞥開視線說道：「妳去忙吧，我自己看看就好。」

「嗯！」

裘飛飛轉身跑開，大概是去洗臉了。徐遙嘆口氣，這大概就是馬天行總是說他喜歡給別人虛幻妄想的原因了——在沒有系統學習心理學之前，他就已經能夠看清楚很多人內心的渴望，於是就自然而然地附和，難免讓人產生「知音難尋」的錯覺。

嗯……他怎麼會想起了馬天行呢？

徐遙瞬間驚醒，他猛然看向四周，明明除了畫還是畫，為什麼他會忽然深陷回憶之中，甚至連說話的語氣、待人的態度都變得和以前一樣？

徐遙再次看向那幅火焰般的油畫，突然明白過來：心理暗示。這裡的畫看起來像是隨機而沒有主題，但是它們的順序甚至內容都是有深意的，跟他在大學實驗時，那些引導志願者進入催眠狀態的圖片簡直異曲同工，只是裘飛飛把其中一幅換成了自己的臨摹，所以破壞了這種效果，當她把原作換回來之後，就連徐遙都不知不覺陷了進去。

林森昨天認出李秩是郭曉敏的兒子，向李秩說起劉宇恆，也都是受到心理暗示的緣故嗎？

徐遙皺著眉頭把視線從畫作中移開，試圖擺脫暗示效果。他把目光轉移到了最不具備藝術氣息的顧客留言欄上，上面貼著很多七彩繽紛、字跡各異的便條紙，紙上寫著來此參觀的人的感想。

徐遙看著那些各不相同的字跡，感覺自己稍微緩了過來。

忽然，他的視線被一張黃色便條紙吸引了，那張紙上寫著「白駒過隙，黃粱一夢」，而落款居然是劉宇恆，時間是二〇一二年……

羅滿忠是個六十出頭的果園承包商，家在山腳下，由於是早期富裕起來的人，那三層樓高的獨棟別墅特別顯眼。他人也很大方，看見有警察過來，也不慌張，甚至遞了根菸給李秩他們。

李秩禮貌拒絕：「不客氣，我們想問兩句話……」

「啊，好的，正想抽兩口提提神。」王俊麟卻笑咪咪地接了菸，放在鼻子下聞了聞，「這是好菸啊。」

羅滿忠一開始覺得被掃了面子，但王俊麟的奉承又讓他笑了起來：「不是什麼好貨，最近天氣太冷，跑不動了，也沒辦法到鎮上去買什麼好貨。」

「讓孩子幫你跑腿不就好了嗎？」王俊麟拉著李秩進門，和羅滿忠一起坐下。

「現在的年輕人哪裡還願意務農，都跑到外面工作，我自己也早就不種了，都是租給別人。」

羅滿忠坐下來就開始嘆氣，李秩看了看屋裡，還有很多的飲料零食，但卻沒有人，應該是子女在元旦假期帶著孩子回來跨年，現在又回去上班上課了。

「太巧了，我們今天就是想請問你關於果園的事。」王俊麟把那份過期的合約拿了出來，「我們覺得這個金額有點奇怪……放心，我們不是追查稅務的，只是想知道羅嘉盛一個外人，你怎麼捨得把果園的股份都轉讓給他呢？再說了，他怎麼付得起這麼多錢啊？」

「這位警官，你這就太看不起人了，外人怎麼了？有能力的人就應該相信他嘛。」羅滿忠說起羅嘉盛，倒是一臉賞識和可惜，「嘉盛有眼光，人又果敢，全靠他我才能過上現在的好日子。我們一個小村鎮，大家應該互相幫助，他幫過我，我當然也願意回報他。我跟你們老實說吧，其實我只收了五十萬，尾款是等到第二年收成才回收的。」

「可是五十萬也不是一筆小數目吧？」李秩問道，「當年他除了替你工作，還有別的副業嗎？」

羅滿忠皺著眉頭回憶了一下：「好像沒有吧，他工作認真，本來對種樹一竅不通，還特意看了很多書籍，天天跟我一起巡邏果園，一個多月就都學會了。」

「那他怎麼可能一下子拿出五十萬呢？」李秩不解，「他有跟你說過他是怎麼籌措資金的嗎？」

「嗯……這麼一說，我倒是想起來了，」羅滿忠把手裡的菸放下，比了大概兩塊紅磚的厚度，「他那時候給我的都是現金，我還開玩笑說原來五十萬也就這麼厚。」

「你沒有問他錢是怎麼來的嗎？」李秩覺得不可思議，「你不怕這些錢有問題？」

「怕啊，我當時就問了，我說『嘉盛，你千萬別借高利貸啊，你根本還不起的』。」羅滿忠說著，臉上也露出疑惑，「但他當時說，這是他以前存下來的錢，可是他不是找不到過去的親人嗎？我就問他是不是找到誰了，他又說他也說不清楚，反正他只記得自己有錢，讓我放心收下。我也不好再問什麼，大家互相合作，最重要的就是信任嘛。」

最重要的是錢才對。李秩暗笑一下，又問了一些羅嘉盛的事情，就和王俊麟一起下山了。

「副隊長，你好像在思考什麼嚴肅的問題啊？」

王俊麟負責開車，車子開了五、六分鐘，李秩都沒說過話，他不禁問道：「我們不告訴羅曼娟，她老公其實是劉宇恆嗎？」

「現在什麼都還沒調查清楚，你忽然告訴她，她老公是另外一個人，騙了她那麼多年，還不明不白地死了，她能接受得了嗎？」李秩嘆口氣，「我有一種很奇怪的感覺，好像劉宇恆真的忘了自己是劉宇恆，以為自己是一個叫羅嘉盛的人。」

「可是，他不是整形了嗎？」王俊麟道，「如果他以為自己是另一個人，就不會去整形了吧？」

「我也說不出是什麼感覺，但是，一個人就算隱姓埋名、躲避仇人，他的生活習慣是很難改變的。我之前看過劉宇恆的得獎採訪，記者問他最想得到的獎勵是什麼？他說是一頓香辣蝦。運動員要嚴格控制飲食，所以他這麼說，代表他喜歡吃香辣的東西。但是，剛剛在羅曼娟家的廚房裡，我很少看見跟辣有關的東西。」

「對對對，我見過很多失蹤者的家屬，家裡都會保存著他們的東西，帶著一絲相信他們會回來的期望。」王俊麟點頭認同，「會不會是劉宇恆為了掩飾身分，連口味都改了呢？」

「雖然也不是不可能，但真的可以掩飾得這麼好嗎？他在這裡生活十年了。」李秩忽然搖了搖頭，「可是徐遙說過，劉宇恆是個目標明確、很清楚自己想幹什麼的人，從他看出運動員生涯沒有出路就毅然退役、轉投其他學科，就可以知道他是一個很果敢的人，這一點倒是跟羅嘉盛的性格特徵一致。他能在那麼短時間內賺到那麼多錢，肯定是個敢冒險的人……」

「副隊長，我都快暈了。」王俊麟很困惑，「紅姐跟趙哥不是說了，他就是整容成羅嘉盛了嗎？現在只是不知道他整容的目的吧？」

「我總覺得，如果我們不搞清楚他到底認為自己是誰，就無法得知他當年整形消失的目的，也無法查清他後來死亡的真相。」

「副隊長，我覺得你越來越像徐老師了。」王俊麟瞥了他一眼，忍不住笑道，「剛剛羅滿忠的菸你不肯接，卻會顧忌羅曼娟的感受，現在又考慮劉宇恆的想法，我都以為你接下來要說一段心理分析了！」

「多一個破案的思路不好嗎？」李秩乾咳兩聲，「對了，我們跟其他隊員交換一下情報，看看他們整形醫生這條線調查得怎麼樣了。」

「好的。」

警車一路飛馳，回到市區已經快中午了。李秩接到電話，說找到了一個知情人士，他們馬上趕了過去，來到一間隱沒在街市巷道裡的理髮店。

有兩個警察正陪著一個老阿姨，見李秩過來，便起身敬禮：「副隊長。」

李秩一愣，怎麼張藍在的時候他們就只是打個招呼，換成是他就這麼恭敬？

「先做事吧……韓阿姨妳好，他們說妳知道一個黑心診所的整形醫生？」

「什麼醫生！那就是個垃圾！」這位韓阿姨一把抓住李秩的衣袖，情緒十分激動，李秩猛然被她拉得彎下了腰，「龔全害死了我的女兒！你們一定要抓住他！」

「阿姨妳冷靜一點，慢慢說……」李秩蹲了下來，王俊麟從店裡拿了張塑膠椅讓李秩坐著，「妳說的龔全是什麼人？他在哪裡？為什麼說他害死妳的女兒？」

「那個龔全就是庸醫！他一直是一個混混，十幾年前忽然消失了一陣子，回來後說自己學了醫療美容，還開了一家美容診所。我女兒當年就是被他騙去隆乳，不知道塞了什麼東西，剛過半年就變形，他還騙人說是正常反應，打幾針固定就好了。結果我女兒因為感染，送醫沒幾天人就走了！」

儘管是十幾年前，但韓阿姨說起來還是難抑悲憤，她不自覺地一下下用力拍打著李秩的手，好像這樣才能傳達自己的憤怒。王俊麟聽著那「啪啪啪」的聲音，都替李秩感到疼痛，但李秩一直等她說完，才握住她的手問道：「阿姨，那當年妳沒有報警嗎？」

「我報警了啊！可是龔全說他也是受害者，他也不知道那個東西會害死人，說那是什麼知名品牌，結果只判他賠錢，沒讓他去坐牢！」韓阿姨痛心疾首，「讓他賠錢有什麼用？他根本不肯給錢，每次都說沒錢，還說要把店裡的東西都轉讓給我，我要那些害人的東西有什麼用！沒過兩個月，他把店關了，人也跑了！」

這種拒絕執行法院判決的無賴實在太多了，李秩只能安慰道：「阿姨妳別擔心，我們這次一定會找到他的，除了他的名字，妳還知道其他資訊嗎？」

「以前他的美容診所就在對面，是租的店面，房東是我表叔。」韓阿姨抓住李秩往外走，「我帶你們去！」

「好好好，阿姨妳慢一點……稍等稍等！」李秩手機響了，他讓王俊麟陪韓阿姨去找房東調查龔全的身分資訊，才走到一邊接電話。他看到來電顯示是徐遙，「徐遙，怎麼了？」

「你們現在在哪裡？」徐遙用塑膠袋把那張羅嘉盛寫的便條紙裝好，正趕往警察局，「我找到了一個很重要的線索。」

「我也找到了一個很重要的證人。」李秩心裡湧起一股暖意，雖然徐遙總是說他只是顧問，只提供參考，但其實他一樣重視每一個受害者，他也跟他一樣想要盡力為他們還原真相，「我們很快就回去，你先到局裡等一下可以嗎？待會我們一起開調查會議。」

「可以，但你要多找兩個人。」徐遙回頭看了看逐漸遠去的畫廊。

李秩疑惑：「誰？」

「劉春玲和羅曼娟。」徐遙深呼吸一口氣，「是時候告訴她們真相了。」

徐遙來到警局，找到了魏曉萌，讓她把那張便條紙登入證據。魏曉萌驚訝極了：「徐老師，你是從哪裡找到的？太神奇了，簡直比警犬還厲害！」

徐遙失笑：「這什麼奇怪的比喻？」

「一般結案的時候，都是我負責證物入庫，我發現很多案子的關鍵證據都是你找到的，比如關子卓的那把禮劍，比如梁肖文的隨身碟，還有李陽華的病歷。」魏曉萌看著徐遙，本來還挺興奮，但說著說著自己也感覺到不對勁，「難道是有什麼人刻意安排，想把你捲進這些案件中嗎？」

徐遙把同樣的疑惑壓抑下去：「世界上哪有那麼多布局深遠的犯人，妳是偵探小說看太多了吧？我好歹是專家顧問，找到證據有什麼好奇怪的。再說，證據也需要發現它的意義才行，不然怎麼不讓警犬小蔡去破案？」

魏曉萌被逗笑了：「徐老師，你怎麼連我們小蔡都認識？」

「說來話長，改天再說吧。」

徐遙笑著搖頭，值班室的人打來的電話打斷了兩人的談話。魏曉萌接了：「你好，警察辦公室……是的是的，請讓她進來，暫時安排到會客室，我們稍後會跟她說明情況。」

徐遙輕淡的笑意完全褪去，取而代之的是悲憫的同情：「家屬來了？」

「嗯，劉春玲過來了，羅曼娟也在路上。」魏曉萌垂下眼睛，「她們這樣……算是一家人嗎？」

「這不在我們的考慮範圍裡。」徐遙嘆口氣，「妳先去準備吧，李秩他們很快就會回來了。」

徐遙說很快，李秩他們還真的很快就回來了，眾人整理好搜集到的線索，開始進行案情討論。

「感謝法醫室和技術組，還有化驗所的全力合作，我們掌握了一條非常重要的線索——那就是羅嘉盛這個人並不存在，他是劉宇恆透過整形和燒毀指紋的方式捏造出來的身分。他在二〇〇一年三月分消失，九月分來到了距離悅城市區非常遠的杉水鎮，其間，他透過注射奧美定和植入矽膠假體改變了面部特徵，因此杉水鎮的警察沒有發現他是失蹤的劉宇恆。」李秩把劉宇恆整形前後的照片疊放在一起，用紅筆圈出他整形的地方，「而我們找到了一個在十幾年前因為使用奧美定而被起訴的整形醫生龔全，他在悅城待不下去，就跑到了鄰市，又開了家美容診所，鄰市的警察局已經把他抓住了，正往這邊押送。」

「在二〇〇一年到二〇一二年期間，劉宇恆以羅嘉盛的身分在羅家村生活，他透過做生意賺了不少錢，但他的資金來源很可疑。根據他的生意伙伴回憶，他喜歡用現金交易，應該是為了避免被追查到資金來歷。」王俊麟把羅嘉盛涉及的金錢往來資料發給大家，「二〇〇八年的股市崩盤後，他轉賣了很多資產，相信是遭受了不小的打擊，但我們沒有發現他的股票帳戶或交易紀錄，已經向經濟科求助了。他在二〇一二年是否因為金錢糾紛而被殺害，目前也有待查證。」

「你們有查過龔全的資金狀況嗎？」徐遙問。

李秩搖頭：「你覺得他有嫌疑？」

「我覺得劉宇恆有嫌疑。」徐遙卻道，「劉宇恆變成羅嘉盛不是一般的整形，他應該還透過一定程度的自我催眠，讓自己改變一些顯著的特徵，比如左撇子變成右撇子……」

「喜歡吃辣變成不吃辣？」李秩豁然開朗，「有這樣的案例嗎？」

「國外有不少這樣的實驗，劉宇恆曾經在精神研究所學習過，有可能知道一些方法。」徐遙把相關資料投影出來，「但催眠總會有解除的契機，一些強烈的刺激也會打破催眠狀態。這是我在一間畫廊裡找到的留言，是羅嘉盛在二〇一二年寫下的，但他的落款卻是『劉宇恆』。羅曼娟也說過，失蹤前，他忽然對自己的面容產生疑惑，認為自己不是自己，這些都是催眠解除的特徵。」

「畫廊？」李秩詫異，「你是說，紅姐家的畫廊？」

「我問過張紅，那家畫廊的主人蘇旅跟林森教授有一些交情，他可能接觸過一些記憶實驗的資料，覺得很有趣，於是把畫廊設計成一個可以喚起大腦回憶的行為藝術。我親自去看過了，的確有誘導效果。」徐遙接著解釋，「羅嘉盛在二〇一二年因緣際會參觀了畫廊，逐漸想起自己的身分。如果他真的有經濟困難，而杉水鎮距離鄰市更近，他要是知道龔全現在功成名就，那他很有可能想借奧美定的事情敲詐勒索。所以我建議你們查一下龔全在二〇一二年前後的資金狀況，看看有沒有去向不明的金錢。」

「知道了，我馬上安排調查！」

時隔多年的案件在兩天緊密的調查下逐漸顯露真相，眾人的精神都振作了起來，趕緊去員工餐廳用餐然後回來工作。李秩也準備去吃飯，卻發現徐遙抱著手臂，一言不發。

「你吃過東西了嗎？」李秩倒了一杯熱水給他，塞進他的手裡，「還是有什麼想法塞在心裡所以吃不下飯？」

「李警官現在居然會鋪墊開場白了。」徐遙接過水杯，但他發現李秩的手更冷，便把杯子推回去給他，「雖然案子的邏輯大致上說得通，但還是有一些地方很曖昧。自我催眠不是那麼容易的，一個人可能因為大腦保護機制而刻意遺忘一些事情，甚至扭曲一些認知，去逃避對他來說十分痛苦的事情。但羅嘉盛出現的時候並不只是忘記自己是誰，他有一套完整的、截然不同的身分背景。他能說出自然合理的社會關係，雖然無法查證，但他毫不懼怕重新登記戶籍要進行的各種手續，而這些手續很有可能會揭穿他本來的身分。光憑自我催眠就做到這種程度，幾乎是不可能的。」

「而且，就算他在二〇一二年勒索襲全，但他在二〇〇二年的時候就已經有一筆資金，而且他這十年來做生意都是穩賺不賠，我覺得不太可能。」其實李秩也有同樣的疑問，但他覺得王俊麟說得對，作為警察只要把真相挖掘出來就好了，真相背後的故事就交給徐遙這種犯罪心理學專家負責研究，於是沒有在案情討論會上提出，「我覺得在這十年裡，一直有一個神祕的金錢來源供養著他在杉水鎮的富足生活，可能連他自己都不知道，是有人想讓他安心當羅嘉盛。」

「所以……也有可能是那個人對他進行了深度催眠，不管是不是劉宇恆要求的！」徐遙吸了一口氣，「那個整形醫生！他很有可能認識那個人！千萬不要讓他發生意外！」

李秩按了按他的肩膀：「鄰市的警察已經把他抓住了，別擔心。」

徐遙低了一下頭，他也覺得自己太激動了，大概是因為他隱約感覺到這應該是串聯起那些零散線索其中重要的一條線：「劉春玲已經到了，你打算讓誰去說明？」

「這個……」

「我跟你去吧，別讓家屬再等了。」徐遙說著，抓住李秩放在他肩膀上的手站起身，「她已經等十幾年了。」

「……好。」

李秩的手指抖了兩下，最終還是維持著一個既沒有反握也沒有掙脫的彆扭姿勢，和徐遙一起走向會客室。

年過半百的龔全從外貌上看來，絕對是標準的成功中產階級精英男性。幹練的短髮，剛毅的面容，些微的白髮和皺紋增加了權威的智慧感，身材也保養得當，沒有中年男人油膩的啤酒肚，也沒有彎腰駝背的猥瑣姿態。難怪他敢把自己的形象印在看板上，比那些請小明星代言的廣告有說服力多了。

他很早以前就了解到，好看的皮囊就算千篇一律，一樣可以賺大錢，才會在國中沒畢業的時候跑去讀當時幾乎沒有男人就讀的護理學校，學習最基本的醫學常識，然後開始從事美容行業。

那年頭的整形服務都是為有錢人提供的，割雙眼皮、打肉毒桿菌已經是高級手術，可以收幾萬塊的手術費。但龔全偏偏不走這條路，因為他知道有錢人很難伺候，而且愛惜生命，不會找他這種不是專業出身、沒有名師指導的小醫生。

他把目光瞄準那些急欲靠出賣色相換取利益的女人，而且相比起臉部，他更多宣傳隆乳抽脂這種改變身材的服務項目——他知道那些到風月場所的男人更看重的是什麼。

他在半年不到的時間裡，就成為那一區的小姐們最常光顧的醫生。前凸後翹的身材在他手中量產著，而她們透過這些沒有區別的注射物，在金主手中獲取了更多的利益。他覺得自己是在幫助她們，幫助她們賺更多的錢，以便脫離苦海找個鄉下地方嫁給一個不諳世事的老實人，讓出市場給更多新鮮的女人，更多需要整型、需要他的女人。

「警官，請問還要多久？」天氣陰寒，窗玻璃上全是霧濛濛的水汽，龔全看不清外面的景象，不耐煩地看了看手表，「我下午還要開會。」

「龔院長心態真好，幾條人命在手也不害怕。」負責押送的警察知道他的過往，也知道這次抓捕跟非法整形有關，不禁出言諷刺，「相由心生這句話在龔院長身上真是一點都不準確。」

「警官，法院都判決了，那是生產廠商的問題，我也不知道那些材料有問題。

冤有頭債有主，該抓的是那些無良的賣家。」龔全皺著眉頭，義正辭嚴地反駁。然而警察們已經見過太多演技超群的犯人，對這番話嗤之以鼻。

龔全見沒人理他，只能繼續保持沉默，直到兩邊出現了「悅城歡迎您」的紅色看板，他渾身一震：「為什麼到悅城了?!」

「怎麼了？你在這裡做了虧心事嗎？」

「我在這裡有一些不好的回憶……我接個電話。」龔全心中七上八下，還好電話鈴響讓他得到了一個喘息的機會，「喂，你好，我是龔全。」

「我知道是你殺了羅嘉盛。」電話那頭的聲音陰陽怪氣，尖銳得像是那些古老的充氣人偶，「不必向我說謊，我不是警察。」

「哦？我現在出去辦事了，你有什麼重要的事嗎？」龔全咬緊牙關，努力裝出鎮定的口吻，「我應該怎麼幫你？」

「在加油站上廁所，我會教你脫身的方法。」

對方飛快地說完後便掛斷，同時，「加油站」三個大字也已經出現在龔全眼前。

龔全的脊背上全是冷汗。

「麻煩停一下，我要上廁所。」

劉春玲雙手捂著嘴，努力控制著自己不要失態，但是聽到李秩慢慢把前因後果詳細說明，她的手再怎麼努力也無法控制顫抖，更無法掩飾悲苦的哭泣。

「宇恆、宇恆一直都活著，他、他為什麼不見我……」劉春玲咬緊牙關，「為什麼要躲我……」

「我們目前還不知道他在二〇〇一年失蹤的原因是什麼，但在二〇一二年的死亡，我們已經找到了重要的嫌疑人。」李秩把一方手帕遞到她面前，「劉阿姨，劉宇恆還有一個妻子和兒子，也就是妳的兒媳和孫子，我們已經派人通知，待會妳就可以見到他們了。逝者已矣，但妳不是孤苦無依的，妳還有家人。」

這句話「孤苦無依」讓劉春玲再也無法壓抑，她抓過手帕捂住臉，嚎啕大哭了起來。

「妳可以在這裡休息一下，有什麼需要再跟我們說。」

李秩把空間讓給劉春玲，安靜地退出會客室，靠在門外的徐遙向他投來一個「及格」的眼神：「我還以為你要再多勸她幾分鐘。」

「我說什麼都沒用，還會妨礙她發洩情緒，倒不如讓她自己冷靜一下。」李秩拿出手機看了看時間，「龔全怎麼這麼久還沒到？都一個多小時了……」

「副隊長！」說曹操曹操就到，嘴角還沾著飯粒的王俊麟跑了過來，「龔全到了！」

「走。」李秩眼神一凜，剛剛面對家屬的無奈和同情都燃成了眼中的火光，「去看看那混蛋還能怎麼狡辯。」

「不是說我已經把報告交上去了，讓妳先回去休息嗎？」

警局門前，張紅只穿著一身白袍就跑了出來，任芊芊一看就要把自己的圍巾幫她圍上，但張紅搖頭說不用。

任芊芊把圍巾繫了回去：「不管怎麼說，都是我們負責化驗的，我不親自來確認總是有點不安。怎麼樣，聽說已經找到嫌疑人了？」

「他們說我們技術組那麼拚命，他們外勤人員不能拖後腿。」張紅笑道，「這邊，我帶妳見見我們技術組的組長趙科林。」

「哦，就是他從泥土樣本裡發現殘餘的矽膠是吧？太厲害了，我們那一顆頭骨都忙了一整個晚上，他們那麼大的面積處理了多久？」

「從現場採勘到結果出爐，好像二十一個小時。」

「那我一定要請教一下怎麼把效率提高這麼多的，回去好好鍛鍊一下我們的人。」

「這才是妳的主要目標吧，任所長？」

兩人從停車的地方往門口走去，卻見一輛鄰市車牌號碼的警車駛了過來，停在門口。而門裡，李秩一行人正大步地趕了出來，看來是要交接那個從鄰市押解回來的嫌疑人。

「鳳城泰樂區警察局，聶冰。」車裡下來的警察向李秩敬了個禮，「現在把嫌疑人龔全移交給悅城永安區警察局。」

「悅城永安區警察局副隊長李秩，你們辛苦了。」李秩也敬了個禮，接著進行交接，卻見從警車上押解下來的龔全西裝革履，像一個精英人士，只是眼神空洞，怕是已經預料到了之後的牢獄生涯，正在後悔莫及。

「好好走路！」王俊麟接過人，但龔全卻像一尊木雕般，推一把便往前跌倒，讓他不得不上前扶著他，「現在知道害怕了吧？」

龔全手上戴著手銬，一個踉蹌整個人都撲向前，他靠著王俊麟的肩膀，抬起頭看了看他。王俊麟愣了愣，他直覺有些不對勁，他抓過那麼多犯人，有真心慚愧的，有死不悔改的，有演戲開脫的，有驚慌失措的，也有認栽認命的，但像眼前這個人一樣兩眼空泛，彷彿對一切無知無覺的麻木，卻是從未有過。

「副隊長。」任芊芊走過去看熱鬧，「這就是那個整形醫生？」

「任所長，」李秩攔了一下，讓任芊芊保持距離，不讓她靠太近，「對，多虧了你們，我們才能找到這個人。」

「用奧美定害人，也沒有冤枉他。」

「別動！」

「站住！」

「趴下！」

忽然，背後同時爆出好幾個人的吼叫。李秩猛然回頭，只見一個人撲了過來，龔全不知道怎麼掙脫手銬，還推倒了兩個押解他的警察，但他卻不是逃跑，而是一把拉住了任芊芊的圍巾，死死勒住了她的脖子。

李秩衝上去朝他的臉上揍了一拳，龔全卻完全不躲，硬接了這一拳。他依舊用力勒著任芊芊，嘴裡怒吼：「我害人？我哪裡害人?!我是在幫她們！不是我她們能賺那麼多錢嗎？我怎麼害人了！我怎麼害人了你們說啊！」

「咳咳……救命……」

任芊芊沒想到自己一句話會惹怒龔全，她被整個人壓在地上，圍巾越收越緊，她踢著腳反抗，但龔全卻像吃了興奮劑一樣，李秩等人全都撲過去掰開他的手，但居然沒把他拉開。

「放手！」

任芊芊屈膝猛頂龔全胯下，龔全慘叫一聲往旁邊一倒，李秩一把抓住他的手臂把他箝制住，讓任芊芊趕緊爬開。

「我沒錯！我沒錯！你們憑什麼抓我！」

龔全的兩臂被人扭到身後，手銬重新銬上，他瘋狂掙扎：「你們幹什麼！警察打人了！警察打人！」

「我他媽再告你一條妨礙公務！」李秩脾氣這麼好都被惹怒了，他抓住龔全的頭髮把他拉了起來，「帶走！」

「老實一點！」

王俊麟跟另一個警察一左一右押著龔全，說真的，他現在才覺得這個人有了一點生氣，之前他還覺得他有點陰森。

「芊芊！妳沒事吧！」張紅連忙扶起任芊芊。

「我沒事、沒事……」任芊芊驚魂甫定，難掩厭惡地把圍巾扯了下來，大口喘氣。她看見龔全被押著從她面前走過，不禁打了個寒顫，手中的紅色圍巾掉到了地上。

龔全聽到耳邊響起非常吵雜的聲音，他想揉一揉眼睛，但他發現自己做不到。

怎麼回事？我不是在加油站的廁所裡和那個人商量怎麼脫身嗎？怎麼一眨眼他就到這個地方了？

不對，視線怎麼看起來有點彆扭？

哦，那是因為他躺著。

我怎麼會躺著？

龔全想坐起來，但他發現自己坐不起來，一種潮濕的溫熱從胸前漫出，流淌到他眼前，沾濕了他貼在地板上的臉。

我流血了？

龔全拚命睜著眼睛，他九十度傾倒的視角裡，看見了悅城永安區警察局的字樣，一群警察模樣的人如臨大敵地呈半弧形朝他聚攏過來。他覺得很好笑，這是怎麼回事？我又不是什麼窮凶惡極的罪犯？

龔全仍然起不了身，他奮力轉動了一下仍然能夠動作的頭顱，在他視線的斜後方有一輛車，車頭擋風玻璃裂出了蛛網狀，車旁邊站著一個女人，懷裡抱著一個小孩，不讓那個小孩看他。可是她自己卻瞪大眼睛盯著他，那眼神彷彿是要把他生吞活剝了一樣。

啊，這個女人，好像是、好像是劉宇恆整形以後娶的老婆？

妳不能怪我，都是妳老公不好。什麼缺失的十年？要是他真的想找回那十年就應該去找那個人，幹嘛找我？是那個人帶他去整容，催眠他成為另一個人的。

他這十年裡靠著他那些服務有錢人的客戶收到的內幕消息賺了那麼多錢，現在卻假惺惺地要討回公道，笑死人了，不過是生意失敗想要敲詐我罷了！

我有那麼多方法撇清責任，那時候什麼監視器都沒有，他埋劉宇恆的時候連手電筒都沒用，誰有證據起訴他？

那個女人還在盯著他，龔全想說些什麼，但他忽然覺得很冷。那股冷風，就像是他走進廁所時，迎面吹來的、那一陣帶著異味的風。

對了，他記得那個人跟他說，他只要帶著這個就能脫罪。

他給了他什麼？

龔全用力地睜開越發模糊的眼睛，奇怪了，他怎麼越來越看不清楚東西了？

「龔全！」

那群警察已經圍攏過來，聶冰伸出腳尖，把他手上的東西踢開。

龔全終於看清楚了——

那是一把精巧的手槍。

龔全的視線定格在那把手槍上，他再也感覺不到任何東西。

「怎樣？」李秩問蹲下去觸摸脈搏的聶冰。

聶冰搖了搖頭，手掌一撥，把龔全的眼睛闔上。

「你當警察幾年了！抓人搜身這麼簡單的事要回警校再學一次嗎！」

即使隔著電話，聶冰也能聽出鳳城市立警察局局長胡東海的怒氣，他甚至聽到他「啪」地一下把琺瑯杯子放到桌面上的聲音。

「手銬沒銬牢不說，持有槍械那麼嚴重的東西都沒搜出來？你是不是嫌悅城的警局不夠忙，想幫他們增加一點挑戰嗎?!」

「胡局長，我一抓到龔全就搜過身了，絕對沒有槍！」聶冰也覺得事情有點蹊蹺，手銬不存在什麼銬不銬牢的說法，除非是他偷了鑰匙，但當時他讓所有參與抓捕的警察都檢查了一次，手銬鑰匙還在，「他中途接了一通電話，上了一次廁所，我還讓人跟著他進去的，廁所裡根本沒有別人啊！」

胡東海緩了口氣：「上大號還是小號？」

「他說要上大號，進了廁所隔間……」聶冰一愣，「有人在那個隔間裡幫他解開手銬，還給了他一把槍？不對啊，如果是這樣，他當時就可以逃走了，為什麼要等到了警察局才發瘋？」

「不管是不是，快點打電話給悅城的同仁，請他們調閱那間加油站的監控，找找看有沒有可疑的人。」

聶冰掛了電話就連忙去安排了，而電話那頭的胡東海則是長長地嘆了口氣，他剛把辦公椅轉向靠牆的書櫃，電話就響了：「任長官你好，正準備向你道歉，我們工作沒做好，真是對不起，任小姐沒事吧？」

「沒事，我家女兒小時候跟流氓打架都不怕，只是一點小事，你們不要擔心。」任君良意味深長地說道，「該怎麼處理就怎麼處理，不要有心理負擔。」

「好的，任長官放心，我們會好好配合悅城的同仁，一定早日結案。」

「爸，你幹嘛打電話給人家，我不想讓人覺得我是靠關係的。」

任君良剛掛了電話，任芊芊就皺著眉頭抗議，她脖子上還有一圈瘀痕，看起來有點嚇人。

「我不打這通電話，他們心裡肯定七上八下的，不是更不利於辦案？」任君良拿起藥膏，心疼地幫女兒塗抹在傷口上，「誰不知道我當爸又當媽的，才養大這麼一個寶貝女兒呢？」

「嘖，好肉麻。」任芊芊笑了，整天都有報導說男人為了事業把家庭都推給老婆，但任君良是一個例外，不止一個人把任芊芊撫養長大，自己的事業也沒有停滯，

「好了，別擦了，我先去洗澡。」

「記得洗完澡還是要擦啊！」

任君良還在碎碎念，任芊芊已經走進房間，她關好門，才深深地吐出一口氣。

那條圍巾髒兮兮地團在床上，她將它抓起來丟進垃圾桶。

那個人讓她在襲全面前做兩件事：說出「奧美定害人」五個字，然後把圍巾丟到地上。

這不是什麼傷天害理的事情，就算她做了又怎樣？

這時，她的手機震動起來，她看清楚號碼，按下接聽，咬牙切齒地說道：「兩件事我都做了！把他還給我！」

「明天妳會在辦公室見到他。」

對方依舊是怪裡怪氣的變聲音質。

「媽媽，我有點痛。」

「啊，對不起寶貝，對不起。」

辦公廳裡，羅曼娟把兒子摟得緊緊的，羅安感覺很不舒服地扭動了一下，她才鬆開手，揉揉他的肩背：「媽媽只是有點緊張。」

「媽媽妳別害怕，我不會讓別人欺負妳的。」單親家庭的孩子都比較敏感，羅安直覺媽媽跟他一樣被欺負了，小小的眉頭頓時皺了起來。

「你放心吧，沒有人欺負你的媽媽。」徐遙從口袋拿出一根棒棒糖遞給羅安，羅安看了看媽媽，得到了點頭允許後，歡天喜地地拆起包裝。

剛剛龔全忽然從西裝外套裡拿出一把手槍，亂開兩下就往門外衝了出去，結果被趕來的羅曼娟撞上，當場死亡。李秩他們正忙著處理事故，徐遙便承擔了安撫羅曼娟母子的責任。

「羅女士，妳覺得妳現在能去見劉春玲女士嗎？」徐遙道，「畢竟妳剛剛經歷了生死攸關的大事，如果妳還沒準備好，並不一定要在今天……」

「我可以的。」羅曼娟卻挺直了腰，撥了撥頭髮，整理了一下衣服，抿了抿嘴唇，還拍了拍臉頰，「我可以的。」

「羅女士，」李秩走了過來，把一份責任認定書交到她手裡，「可以認定此次意外是龔全自作自受，妳不必承擔責任。這是認定書，請妳看一下，沒有問題的話就在這裡簽名。」

「哦，好的。」羅曼娟看了一遍就簽名了，如今她在乎的人並不是龔全，「請問，我可以去見嘉盛……不是，我可以見宇恆的媽媽了嗎？」

李秩一愣，用眼神詢問徐遙，畢竟羅曼娟剛剛才撞死了龔全，他不太確定是否適合此時安排她和劉春玲見面。

徐遙向他點了點頭。

劉春玲也不知道自己哭了多久才終於把眼淚哭乾，她緊緊抓著放在面前的兩份報告，這可以算是她的兒子在這個世界上留下過痕跡的證據嗎？

當然是的，多虧了這些警察的努力，她才知道了他確切的下落，她才知道了他魂歸何處。然而它們真的太冷了，一行行的文字，一份份的資料，它們有什麼意義呢？還有那具保存在冷藏櫃裡的殘骸，統統都不是她最愛的兒子啊！

劉春玲的眼淚又一次湧了上來，她的眼皮高高地隆起，紅腫一片，連擦眼淚時眼角都是痛的。

但這比起心裡的疼痛又算得了什麼呢？

「扣扣」兩下敲門聲，劉春玲透過婆娑的淚眼看去，只見一個小男孩探頭進來。

劉春玲的心顫抖了一下，小男孩怯生生地拖著一個女人走進門，那女人臉上也一樣帶著忐忑的神情。

「羅女士，請坐，小安你也坐下吧。」李秩讓她們對面坐好，忽然他也愣住了——分別見面的時候沒覺得，但羅曼娟和劉春玲面對面坐著，恰如對鏡倒影，他才發現兩人竟長得有些相似。並不是細緻到五官臉型的相似，而是都散發出一種堅定強韌的氣質。

「這位是羅曼娟女士，這是羅安。」徐遙並沒有一下子挑明，他引著劉春玲的目光看向兩人，「這位是劉春玲女士。劉阿姨，妳可以讓她看一下這兩份報告嗎？」

「哦……嗯……」

劉春玲的心神全都在那對母子身上，她顫抖著把兩份被抓得有點皺的報告遞到羅曼娟手裡。羅曼娟接了過來，翻開便看見了劉宇恆整形前後的對照圖片，她愣愣地看了一會，忽然破涕為笑，揉著羅安的肩膀：「我就說……這鼻子是遺傳誰的……還好臉不是方的，哈哈……」

然而在這笑容之間，又滑下了眼淚。羅安把含在嘴裡的棒棒糖拿掉，也不管糖還沒吃完，抬起小手就要幫她擦眼淚

「我、我可以不可以看看小朋友？」劉春玲用力擦了擦臉，擠出平和的表情，不想嚇到羅安。她還沒完全接受這忽然出現的孫子，但血緣的天性又讓她感覺無比

熟悉。

羅曼娟抹了把臉，把羅安轉了個方向，面對著劉春玲，輕輕把他往前推：「羅安，乖，去看看奶奶。」

羅安眨了眨眼，他八歲了，已經學會察言觀色。他能感覺到媽媽的傷心，也能聽出媽媽想讓他去安慰眼前這位同樣傷心的老奶奶。但或許是劉春玲的感情太複雜，超越了他能理解的範圍，他有一點點害怕，但又說不出拒絕的話，他扭捏了一會，才說了一個並不高明的藉口：「我、我餓了！」

「羅安乖，跟奶奶打個招呼，我們就去吃飯。」羅曼娟抽泣著哄道，「媽媽做香辣蝦給你……」

「香辣蝦？」劉春玲的眼睛亮了起來，她看著羅曼娟，嘴角微顫，「他喜歡吃香辣蝦？」

「是，不知道這個孩子怎麼就喜歡吃香辣口味的，明明他爸……」羅曼娟想起了警察的話，「是不是他以前也喜歡吃香辣的？」

「對，宇恆最喜歡了，但後來他進了國家隊，訓練要控制飲食，就很少吃了……」往事的憶述像春天融化的第一道雪水，慢慢浸軟了劉春玲的心，她看著羅安，伸出滿是皺紋的手掌，溫柔地問道：「奶奶會做很好吃的香辣蝦，奶奶做給你吃好不好？」

「好！」一聽到吃的，羅安不假思索就答應了，說完才回頭去看母親，「我可以吃嗎？」

「當然可以。」羅曼娟往前傾了傾身體，扶著羅安的肩膀半蹲在劉春玲面前，她抓住羅安的手，把他的手放在劉春玲的掌心，輕輕地，試探似地喊了句：「媽？」

從嘴角到眼角，劉春玲臉上的皺紋全都抖動了起來，她努力保持的儀態，在聽到這一聲「媽」的時候終於崩潰了。她緊緊握住羅曼娟的手，嗚嗚地哭了起來。

這才是他兒子在世界上存在過的證據啊。他的至親愛人，他的血脈骨肉，哪怕改變姓名也不會忘記親近的顏容，不會改變深埋在基因中的、母親的味道。

徐遙悄悄拍了拍李秩，李秩意會，和他一起退出會客室。

「龔全怎麼樣了？」徐遙問。

「當場死亡，詳細情況要等屍檢報告。」李秩嘆口氣，「不過聶冰說了，他中途有下車上廁所，也許他還有同黨，我們要繼續調閱監控搜查。」

「其實單就這起案件而言，已經可以結案了。」徐遙卻道，「龔全拒捕之前喊的話，完全可以當作他的認罪證詞。然而就是這一點非常可疑，他怎麼會剛好把需要結案的條件都說完就跑了呢？他要跑的話，完全可以什麼都不說。」

「而且就算這個案子可以結案，但劉宇恆當初要變成羅嘉盛的原因呢？還有，龔全是怎麼掙脫手銬，又是怎麼得到一把槍的？」李秩一點也沒有可以結案的輕鬆感，「龔全死了，當年劉宇恆失蹤案的人都沒了……」

「李秩，你知道那天你跟森哥在畫廊裡看見的畫叫什麼名字嗎？」李秩越發焦慮，徐遙卻忽然轉了個話題。

「嗯？那幅滿是紅色的畫嗎？」那幅畫的存在感太強烈，哪怕只是裘飛飛的臨摹也讓人印象深刻，「我記得好像是叫紅龍還是火龍？」

「紅龍，The Red Dragon，西方傳說中代表邪惡的生物。」徐遙抬起頭，圓圓的眼睛透過鏡片凝視李秩，在光線折射間顯得特別清亮，「美國的犯罪心理學專家法隆博士曾經出過一本書叫《天生變態狂》，你知道在書的最後他說了什麼嗎？」

李秩迎著徐遙的視線，此刻他沒有心跳加速的悸動，只有利劍懸頂的專注和緊張，他的語氣像是課堂上被抽問的學生，充滿了不確定的試探：「正義總會來臨，要堅守初心？」

「他說：有時候，紅龍會贏。」徐遙說罷，便拉著李秩的手把他拉到電腦前，壓著他坐下，「翻頁了，副隊長。快寫結案報告吧。」

有時候，紅龍會贏。

如果不是那間廢棄的工廠要重建，如果不是重建的商業大廈有五樓以上需要挖同樣深的地基，如果不是施工團隊沒有昧著良心為了利益隱瞞挖出屍骨，如果不是恰好沒有砸碎顱骨，如果不是天氣乾燥沒有雨水沖刷，如果不是鑑識法醫執著到每一平方公分地取樣化驗，如果不是恰好有同樣受到奧美定所害的家屬……

這需要多少千萬分之一的天時地利，才能蒐集齊這些「如果」，儘管每次這些懸案告破，媒體都會附上「法網恢恢疏而不漏」的評價，但只有執法人員才知道，法網從來都不嚴密，是人在努力補漏，努力接住穿過網子的細碎線索。

李秩入職的第一天，就已經聽到一些前輩的勸告。他們都勸後輩們看開一點，要盡快翻過那些無能為力的書頁，不要把自己關在別人的罪惡裡。

李秩一直都知道要放過自己，但當他真的陷入這樣一起案件時，卻總是忘了抽身，被捲入漩渦中仍然奮力向中心游去。

徐遙就是那個把他從漩渦中拉出來的人，就像十年前他陷入低谷時，也是他在自我嫌棄與放任跌墜的懸崖邊把他拉了回來。

可是明明這起案件裡，徐遙才是最迫切想要知道劉宇恆遭遇的人，那才有可能為他解開父親死亡的謎案——可是他卻說：翻頁吧。

如果說十年前是他自我代入的感動，那當下這一刻的感動便是千真萬確的，是起源於徐遙對他的關心，對他的寬慰，對他的理解。

是獨屬於他的關心。

李秩「鏘」地站了起來，一把抓住正要轉身離開的徐遙，把他拉進懷中。

這突如其來的懷抱讓徐遙愣住了，等他反應過來要推開的時候，卻聽見李秩沉沉地說了一聲：「謝謝。」

於是他的手停在半空，進退維谷。手指在空中抖了兩下，最終落在李秩的背上，僵硬地拍了拍：「好了……你又不是不知道，只是木頭腦袋一時轉不過來而已……」

「木頭腦袋？」李秩一愣，放開了他，一股莫名的紅色從額頭蔓延到耳根，「我、我的一顆心不會變的……」

「不知道你在說什麼。」徐遙乾咳兩聲，後退了一大步，他指了指辦公桌，「快工作吧，我先走了……」

「好的，您慢走。」一剎那的動情過去，李秩又是那個畢恭畢敬的粉絲了，或許還有些回味過來的羞窘，連稱呼都變成「您」了。

徐遙彎起嘴角憋著笑，轉頭拉開辦公室的門離開，李秩如夢初醒了半天，才反應過來剛剛徐遙並沒有拒絕他的擁抱。

你在想什麼啊……李秩用力拍了拍自己的臉。那是徐遙作為一個前輩對後輩的體貼和鼓勵，你別想歪了！

正值青年李秩警官把那些驕奢淫逸的想法趕出腦海，深呼吸一口氣，開始寫這份歷時十七年的案情彙報。

徐遙離開李秩的辦公室後並沒有回家，而是往法醫室走去。張紅和她的助理小阮正在解剖龔全的屍體，他敲了敲工作間和辦公室之間的玻璃窗，小阮指了指盥洗室，示意他穿戴好防護服再進來。

徐遙聽李秩說過張紅的規矩，便照辦了。鞋套手套頭套衣服口罩，把自己隔絕了以後，他才推門進去：「張主任，李秩讓我來看看。」

「叫我張紅就好。」張紅剛剛完成解剖檢查，她把手術燈推開，讓徐遙能夠走近一點，「受到強烈撞擊造成肋骨斷裂，斷骨戳破了肺部和重要的心脈，應該是在刺破心臟後十秒內就死亡了。」

「他身上有什麼藥物反應嗎？」徐遙看了看小阮做的紀錄，「怎麼沒有硝煙反應？」

「他開的那兩槍是空包彈，當然沒有硝煙反應。」張紅展開龔全的指掌給徐遙看，「你看他的手指，食指跟虎口都沒有繭，他不是一個習慣用槍的人。我聽老趙說，那把槍好像也不是真槍，是玩具槍改裝的。」

「妳剛剛幫他檢查過膀胱，有尿液殘留嗎？」

「有，怎麼了？你覺得需要化驗？」張紅一愣，「你覺得他是吃了什麼藥物才會做出那麼瘋狂的舉動？」

「我當時不在現場，問妳好像更適合。」徐遙看著張紅，「憑妳的專業判斷，龔全當時像不像服用了什麼興奮劑？」

張紅回憶著當時的情況：「那時候很混亂，我又要照顧芊芊……但他的力氣大得很不尋常，三個人都拉不動他，而且還能把手銬掙脫開，在我的職業生涯裡，沒有見過能讓人力氣暴增到這種程度的興奮劑。」

「除了興奮劑，催眠也能做到這一點。國外有不少案例，被催眠的人能舉起比自己重好幾倍的東西，但龔全押送過來的路上一直被看守著，我不覺得有足夠的時間完成一次需要極度專注和安靜環境的傳統催眠。」徐遙指了指龔全的口鼻，「除非是使用了顛茄類的致幻藥物。」

「這類致幻劑口服消化極快，肝臟都檢驗不出來，只有排出的尿液裡會有殘留。」張紅恍然大悟，「我明白了，我馬上送去化驗。」

「麻煩妳了。」徐遙點頭致謝，轉身離開，但他走到門前又回頭問道，「張紅，妳今天約了任所長嗎？還是她有什麼事情要找妳？」

「她是來看劉宇恆的顱骨化驗有沒有問題的，畢竟五十多份檢驗材料，她不親自過來一趟不放心。」張紅奇怪道，「怎麼了嗎？」

「沒事，好奇而已，妳們真的是多年好友啊。」隔著口罩看不清楚，但彎起的眼角說明徐遙正在笑，「對彼此的性格和習慣都瞭若指掌呢。」

「那是，當初我們好到我爸都以為我在跟她談戀愛……」張紅忽然噤聲，那時李秩因為出櫃被李泓打得半死，張紅的父親才會意識到這個問題來詢問她。

「嗯，那挺好的。我先走了。」

徐遙拉開門走了出去，他來到盥洗室，摘掉防護用具，口罩下的臉已經看不出一絲笑意。

張紅對工作如此認真負責，連張藍進法醫室都要穿戴完整的防護服，她負責化驗報告的提交，即使是徐遙也覺得放心，何況是深知她個性的多年好友？

任芊芊在警局門口出現十分突兀，看見押解嫌犯，不主動避讓反而上前搭話就更突兀了。他看過監控，龔全兩次發瘋之前都和任芊芊有所接觸。

「任芊芊……」徐遙一邊思考一邊走回辦公大廳，他四處張望，沒看見魏曉萌。

王俊麟向他打招呼：「徐老師，有什麼事情嗎？」

「魏曉萌呢？」徐遙指了指她的位子，魏曉萌在局裡負責技術通訊等後勤工作，他習慣了找她要各種資料。

「她跟聶冰去看加油站的監控了，暫時回不來，你需要什麼資料我可以幫你調。」王俊麟說著，就輸入了自己的警察編號，「不過我的許可權不一定能看到全部的內容，比如未成年人的案件我們就查不到，只有隊長以上的級別才能看。」

「沒有那麼高級，我只是想看看任所長的人事檔案。」

王俊麟一愣：「這還不高級？按照職位，她比我們隊長還高一級呢！」

「我又不是要查刑事檔案，我只是看人事的，教育背景、工作經歷之類的就可以了。」徐遙問，「化驗所的所長職位有那麼高嗎？」

「啊，我們悅城比較特別，因為案件多，技術部門長期忙不過來，所以特別成立了化驗所。」說話間，王俊麟就把任芊芊的檔案調了出來，「好了。」

徐遙湊到螢幕前。

**任芊芊，三十六歲，單親家庭，父親任君良……**

等等，任君良這個名字怎麼這麼耳熟？

「任君良是……」

「徐老師，你也太不關注新聞了吧？」王俊麟白了他一眼，「任長官是悅城高等法院的院長啊！」

# 第七案　傀儡之家（上）

# THE LAST CRY FOR HELP

李秩把主體案情寫好，已經快晚上六點了。他去找聶冰和魏曉萌，問有沒有從加油站的監控影像裡發現可疑人物。

「沒有，所有進出洗手間的人都是進去一會就出來了，沒有人逗留。」聶冰揉了揉眉心，「但攝影鏡頭只能拍到這個範圍，加油站後方沒有監控，我的同事過去確認了，那間洗手間從後面也是可以進去的。」

「所以就算有人從後面進出我們也不得而知。」李秩拍拍聶冰的肩膀，「其實證據已經足夠，龔全也自白了，別給自己太大的壓力了。」

聶冰起身，向李秩道歉：「副隊長，不好意思，給你們添了那麼多麻煩。」

李秩搖搖頭：「從我們通知鳳城到抓到龔全，其間不超過兩個小時，在那麼短的時間內就抓到犯人，這一點都不容易。」

「總之，大家都已經拚盡全力了，劉宇恆的在天之靈也會安息的。」魏曉萌笑了笑，她站在兩位高她一顆頭的警察之間，給他們一人塞了一罐熱咖啡，「副隊長，我知道你不喜歡喝咖啡，但這次就喝一下吧。」

李秩失笑，他拉掉拉環，和聶冰碰杯。

「敬遲到的真相。」

「敬所有的真相。」

交代完工作，李秩收拾好東西便下班回家。從跨年前夕到元旦，他總算能待在家裡好好睡覺了。路過社區附近的美食街，李秩看著其中一個黯淡的攤位，忽然感嘆良多。

劉家小吃店在劉阿姨去世後就不開了，劉叔叔說他回到鄉下，但實際上也不知道他去了哪裡。每次李秩經過這道緊閉的鐵門，都不禁想到，即使他們為死者追回了真相，但那一雙雙無瞳之眼，真的能就此安息嗎？他們會不會掛念在世的親人，想要再多看他們一眼，不願闔上？

冬夜的風捲著灰塵，侵入袖口和領口，李秩站得久了，身體有些發冷。他拉緊外套，連帶裹緊了那份抱在懷裡的卷宗——那是他母親郭曉敏的卷宗。

從成為警察那天開始，他就一直研究著這份卷宗，裡面的內容他幾乎倒背如流，任何一個細節、任何一個提到的證人，他都親自去確認過。但是這麼多年過去了，案情依舊沒有什麼進展。

除了懊惱和傷悲，李秩心中也有一絲不甘。這說明李泓當年已經把一切能挖掘到的線索都挖了出來，而他一直對父親抱有的埋怨和惱恨就變得有些無理取鬧，因為就算換成他來調查，也只能得到差不多的結果。

紅龍有時候會贏，但這次也許不是。

李秩回到家中，從厚厚的卷宗裡翻出丟失物品的清單。那些專業的化學藥品名稱讓人不明所以，他把它們全都記了下來，一個個搜索它們的用途。

他很快就看見了一個熟悉的名字：東莨菪鹼。

徐遙打開臥室的燈，拿起桌上的一枚圖釘，把任芊芊和任君良的圖片釘在整體線索的旁邊，然後在中間畫了一個巨大的問號。

任芊芊的出現十分突兀，但她這些可疑的行為是巧合，還是另有所圖？以她的年齡來看，她和他父親的死應該沒什麼關係，然而她的父親卻是任君良。

任君良，一九九八年的時候在檢察署任職，負責審核提起的訴訟。他父親的死因為證據不足，提起訴訟遭到駁回，就是他負責審核的。

儘管那時候被起訴的人是徐遙自己，但現在回想起來，如果他是李泓，他也會認定是就是兒子殺了父親。畢竟他能找到一堆兒子從小就對犯罪心理感興趣的證據，而那棟民宿的抽屜裡就放著他們彷彿為了比賽誰更加心理扭曲而寫的犯罪小說。

徐遙當時寫的是一個致敬漢尼拔的案子，犯人切開死者的頭骨，把他的腦部取出來，只是他還寫不出讓死者自己把大腦吃掉的程度。

那麼，任君良為什麼會駁回起訴呢？僅僅因為疑點利益歸於被告，因為他是未成年人，還是因為他的母親邵琦提出了什麼證據反駁了李泓的起訴理由，卻向他隱瞞了？

那他和現在的案件、和當年的案件，又有沒有關係呢？

徐遙皺著眉頭思考，卻又被一陣急促的敲門聲打斷了思路。他沒好氣地跑出去拉開門，果然又是李秩：「李警官，知不知道什麼是打電話？」

「我知道了！不是美沙冬，是東莨菪鹼！」李秩不管徐遙的不滿，揚著手中的文件往屋裡邁了一大步，徐遙被逼得急忙讓開，只能讓他進門，「那個人不是為了美沙冬而搶劫研究所，是為了東莨菪鹼！」

「你在說什麼？」徐遙聽不懂，他拿過文件，但看見卷宗上的名字「郭曉敏」時便停下了想翻開查看的手，「你母親的案子怎麼了？」

「他們一直以為是癮君子毒癮犯了入室搶劫，但我查過了，當時我媽媽在協助精神研究所的工作，她的研究所裡存放了大量能夠提取生物鹼的藥物，像顛茄、天仙子、曼陀羅，還有不少阿托品，這些都是嚴格管制的致幻藥品，美沙冬的數量其實不多。」李秩把他抄下來查閱的資料攤開在茶几上，拉著徐遙認真觀看，「當時認為是癮君子搞不清楚這些藥品的差異或者想要倒賣所以全都拿走，可是如果那個人本來就是想偷這些管制藥物呢？」

「這些藥物就算拿走也沒用……」徐遙忽然一愣，怎麼會沒用？他們最近偵辦的案子，不是到處都充斥著類似致幻劑的影子嗎？

「我做一個大膽的假設，在你父親死後，精神研究所關閉了，但如果仍然有人很想繼續研究下去呢？他需要繼續做研究，就必須拿到這些藥物，而知道我媽媽的研究所裡有這些藥物的人，肯定是知道她參與了這項工作的人，很有可能就是在研究所裡工作的人！」李秩抓住徐遙的肩膀，「我知道你對他們有很深的感情，但是……」

「研究所裡沒有什麼人了，你也知道的。」徐遙的呼吸也不自覺地急促起來，他掙脫開李秩的手，抱著手臂，「李陽華和劉宇恆已經死了，森哥和你媽媽關係很好，剩下的王志高和唐楚紅我想你也認識。你覺得他們像是會為了研究不惜殺人偷竊的那種瘋子嗎？」

「我不知道……」李秩剛剛整理出來的頭緒被一句反問打落到冰水之中，他垂下眼睛，翻開卷宗，檔案中夾著一張已經有點褪色的證件照。照片中的郭曉敏仍然是他記憶中的模樣，鵝蛋臉，大眼睛，紅唇薄削，李秩凝視著她，指尖撫過她的頭髮，語氣裡竟帶了幾分委屈，「我就是不知道才來找你的。」

徐遙心中一顫，他習慣了獨自在黑暗中尋找點點螢火，卻忘了李秩是習慣了團隊狩獵的狼——但狼只會向自己的族群求助。在那麼多的警察朋友之中，他選擇向他求救，把他當作同類，他卻無視了他的脆弱。

「你跟我過來。」徐遙說著，便拉起李秩的手，帶他走進自己的臥室。

李秩的腦波一瞬間斷線，他使勁掙脫徐遙的手，滿臉通紅：「我、我不需要你安慰我……」

「你倒是想得很美啊。」徐遙翻了一個巨大的白眼，站在臥室前，把門推開。

呈現在眼前的一整面思維導圖似的線索整理軟木板和同樣複雜的案情推理黑板，讓李秩難以置信地瞪大了眼睛。他走進去，伸手觸碰那些繁複的證據。他驚訝又佩服，但同時也擔憂心疼，他轉過身去，看著徐遙問道：「這都是你一個人做的嗎？」

「嗯，你是第一個看見這些東西的人。」徐遙靠在辦公桌上，「起初只是一兩個人物，後來我偷聽我媽講電話，偷看她的郵件，斷斷續續又增加了一些線索；然後我回國，透過以前的同學，還有一些舊報紙、舊書刊，傳聞或者謠言，一點一點地整理，於是線索越來越多、越來越複雜，我乾脆就把它們整理成一面牆了。」

李秩不解：「為什麼你不找林森教授呢？他應該……」

「我也不知道，但我總感覺這應該是我一個人要完成的修行。一開始是抱持著一股復仇的怨恨，但是那麼多年過去了，這已經慢慢成為了我的生活習慣。」徐遙的視線空茫地落在那些蛛網般的關聯圖上，甚至可以算是淒然地笑了笑，「我不急，急也沒用，我一邊期盼著某天奇蹟降臨，出現驚天線索，讓真相水落石出，一邊繼續著每天的生活和工作，假裝自己是一個正常人。除了寫小說和睡覺之外的時間，我都用來研究這起案件，就好像它是已經變成了我的愛好。就跟畫畫跳舞一樣，我的愛好是調查這起案件，每發現一點線索就會很高興，沒有也不著急，也許到我死的那天也不會有答案，但我也還是會一直做這件事……」

徐遙娓娓的音調彷彿是在述說別人的故事，但李秩對此感同身受。他稍稍上前一步，徐遙的眼睛從黑板轉到他身上，讓他停住了前進的腳步。

「你說你不知道該怎麼做，其實我也不知道該怎麼做，」徐遙從來沒有對李秩說謊，但也從來沒有像此刻這麼真誠地說出內心的話，「也許不過是為這面牆再貼上一張照片、一張清單；也許我們只能相信，這些行為終有一天能夠累積成足夠的力量，挖開掩埋真相的厚土，就像劉宇恆那樣，真相總會重見天日。」

李秩的眼眶濕潤，記憶中，他最後一次真正哭泣，已經是他二十歲的時候。那時候他在廣播裡，聽著播音人員念出徐遙寫的文字。

他說過：即使眼前一片漆黑，我們也要在曠野中執著前行。

而如今，他在他的面前，看著他的眼睛，用自己的聲音對他說：我們只能等待那萬分之一的機會，去戰勝仍未見蹤影的紅龍。

「你讓我翻頁，但你自己卻停留在那一頁裡無法前進，像脖子上套著繩索，你可以走很遠，但終究還是被綁著，而且你走得越遠繩子就勒得越緊，直到把自己勒死為止。」李秩一步步走到徐遙身邊，「我不敢說我有能力把繩子解開，但是，起碼我可以延長一段繩子，讓你走得更遠一點。」

徐遙的睫毛顫動了一下，他習慣性地扶眼鏡遮掩，但這次李秩沒有給他掩飾的機會。他用力抓住徐遙的手，把他反鎖在懷裡：「你不是一個人，我會陪你一起等真相大白，或是石沉大海。」

真相大白或是石沉大海？

徐遙忽然笑了起來，不是諷刺，不是無奈，不是輕蔑，是小孩子拿到玩具那樣單純開心的笑容。

只是他沒發現，長久沒有真正笑過的眼睛裡，已經滿是擁擠的淚水，幾乎就要掉了下來——

無論結果如何，他都不是一個人了。

「李秩……」徐遙的手搭在他的腰上，「我要你幫我一個忙。」

「嗯，你說。」隔著厚厚的外套，李秩甚至沒有發現徐遙搭著他的腰。

「陪我回去我的十五歲。」

悅城以築江為界線圍起來的老城區大致可以劃分為兩大塊，永安區和永和區，外加一塊「大學城」——這並不是嚴格的行政區域，而是人們的習慣叫法。近年悅城經濟飛速發展，悅城的行政區域也越來越大，逐漸增加了悅秀區和悅麗區，都是擁有豐富自然資源的區域。

徐遙帶李秩來的地方，就位於山巒疊翠的悅麗區。這裡以前是一片沒有開發的村落，除了一些農戶，鮮有人跡。但自從經濟轉型，發展了觀光休閒農業，果園、魚塘、農場一應俱全，每逢週末，馬路上都車流。有人專門統計過，全家一起出遊的市民能把悅麗區所有飯店住滿。

不過現在是週二，還是凌晨時分，悅麗區安靜得彷彿遊戲裡的「沉默之丘」。

「在這裡下車吧。」徐遙讓李秩把車停在半山腰，他下了車，指著被晨霧繚繞的山巔，「在往前不好開了。」

「好。」

李秩總算明白徐遙為什麼要他穿衝鋒衣加羽絨外套了。深冬時分進山，是呵氣成霜的溫度。兩人踩著滿地枯敗乾燥的落葉往上爬，才走了五分鐘，李秩已經看見了樹梢上薄薄的碎冰。

「快到了。」徐遙回頭，遞給他一個熱水瓶，「別看現在人煙稀少，夏天的時候很多人喜歡來這裡露營，是很受歡迎的消暑聖地。」

「看出來了。」李秩笑了，他喝了一點熱水暖身，「你們當初怎麼會跑到這種深山野嶺呢？」

「袁伯伯的兒子以前在這裡做農業科學實驗，他家又有房子在山上，就改建成民宿，招待來視察的官員。」徐遙嘆口氣，「但他後來發生意外死了，實驗也荒廢了，袁伯伯就把民宿交給別人經營，自己只負責收租金。」

「小心！」

徐遙只顧著回頭跟李秩說話，腳下踩到了一段枯枝，裹著濕重冰露的表面讓他滑了一跤，李秩及時把他拉住，徐遙一下撞進了李秩懷裡。他扶著李秩的手臂站穩，也沒有表現出不好意思。

兩人繼續走了十分鐘，徐遙回憶中那棟西式的民宿終於出現了。米黃和海藍相間的牆壁已經變得黯淡無光，柵欄上的花草早已不見蹤影，只有野生藤蔓和雜草攀在鐵鏽的支架上。民宿在發生凶案後已經停止營業，但是二十年來仍然保存著，也是有點不可思議。

徐遙好像看出了李秩的疑惑，解釋道：「袁伯伯跟我說過，在案發後幾年，曾經有人想買下這裡，但對袁伯伯來說，這裡不是屬於我父親的慘案，而是屬於他和兒子的回憶。他說不賣，直到他死了變成國家的財產，也算是了卻了他兒子想要為國家貢獻的科學研究精神。」

「所以他有定期來打掃？」儘管老舊，但到大門前，卻發現灰塵沒有想像中的多，玻璃門窗等等也還是良好的。隔著落地玻璃，他能看見一個打通了廚房和客廳的大空間，裡面的傢俱都用白布蓋了起來，「維護要花不少錢吧？」

「他好像是請人來打掃，畢竟年紀大了，不方便自己來。」徐遙拿出鑰匙開門，「他說，他打算重新裝修一下，搬到這裡住。」

「他一個人住在這裡不太方便吧？」李秩搖頭，「萬一有什麼突發疾病……」

「所以他想要邀請我一起住。」

門鎖「喀噠」一下打開了，李秩還來不及驚訝，便已經被徐遙推進了這個惡夢的起源。他看過徐峰案件的卷宗，發現這裡的擺設仍然保持著當年的狀態。

「一般人也不會邀請別人到父親死於非命的場所來居住吧？」徐遙無奈地笑了笑，「有時候我也覺得袁伯伯是個很讓人費解的人。」

「我倒是能理解他的用意。」李秩指了指沙發，徐遙點頭，兩人便一起把那些嚇人的白布掀開。荒涼恐怖的案發現場變成了懷舊復古的民宿，稍加裝修就是可以拍照打卡的地方了，「因為他相信你不是凶手，也相信真凶會落網，到時候，這個地方對你來說就是父親最後的回憶，他想把這份回憶留給你，就像他保留著自己兒子最後的所在一樣。」

徐遙站在一張單人沙發旁邊，沉默地凝視著李秩。李秩被他看得有點不好意思，他抓了抓脖子：「對不起，我又忘你的專業是心理側寫，班門弄斧了。」

「我覺得你很有潛力學習這門知識。」徐遙笑了，他拍拍椅背，招呼李秩坐過來，「等一切結束了，你去申請進修吧，我可以幫你寫教授推薦信。」

李秩笑了：「那我豈不是應該快點惡補英文？你認識的權威教授都是外國人。」

「我相信你會是個好學生。」徐遙讓李秩在單人沙發坐下，自己坐在長沙發上，靠著靠近李秩的扶手，稍稍前傾看著他，「現在，你先聽我說一次案件的時間線。」

「我知道，我看了卷宗。」

「不，待會要以我的視角去說。」徐遙搖頭，「不然是達不到催眠效果的。」

「催眠?!」李秩大驚，「我不會啊?!」

「不用學，我不需要你真的引導我到潛意識裡，你只要帶著我重新走一次當年的案情，我就能看見。」徐遙深呼吸一口氣，忽然往前伸手抓住李秩放在沙發扶手上的手掌，「心理暗示最重要的一點，是接受者要絕對相信施加者……」

明明那握上來的手指冰冰冷冷的，但尖尖的指甲邊緣卻搔著掌心，催發了一股癢癢的暖意，從心臟流向四肢，轉瞬間衝上大腦，讓李秩產生了微醺的錯覺。

徐遙說：「我相信你。」

徐遙睜開眼睛，他又看到了那片蒼翠的松林，但和上次那樣堅壁般防衛著什麼的模樣不同，這次它們疏落地環繞著記憶中的案發現場，並沒有把他擋在外面。

**現在是傍晚五點，你正在和朋友們比賽寫小說。**

徐遙並沒有看見李秩，甚至連他的聲音都聽得不是很真切——他全心全意地接納了他，讓他成為自己的一部分，而不是像孫皓那樣，有一個固定的形象提醒著他「這是個侵入者」。

徐遙眨了眨眼，他已經坐在沙發上，手裡拿著一本筆記本，本子上的故事進行到高潮，凶手潛入一間屋子，殺死了主人的愛人，還把他的頭顱剖開。

然而他卡住了，要把人的頭骨砸碎容易，但要精確地切割卻非常困難。凶手如果沒有帶著小型電鋸之類的工具，很難做到這一點，可是如果工具是他自備的，那麼他必須拿一個大袋子裝著，阻礙行動不說，還增加了讓人記住的特徵。

徐遙盯著本子上的筆跡，這明明是他寫的故事，但他第一次那麼清晰地看見了這些文字，連錯別字的痕跡和橡皮擦的碎屑彷彿都觸手可及。

不，他的故事已經寫完了。他記得他把本子鎖進抽屜時，心裡都是「這次我贏定了」的洋洋得意。

為什麼這個故事沒有寫完？

徐遙翻了翻頁，卻發現第二頁也有文字，但跟前一頁一樣，都停在了凶手準備剖開受害者的那一行。

他忽然明白了，這不是他的故事，這是他對案件的疑惑。凶手不止殺死了父親，還對他進行了殘忍的開顱，但他也會遇到如同故事裡的凶手遇到的難題：他是怎麼做到的？他的工具從哪裡來？在那個時候，小型電鋸屬於專業器具，很容易就能查到持有人，為什麼警察當年沒有查到？

**徐遙，你看看其他同學，他們寫的是什麼故事呢？**

李秩的聲音在耳朵裡響起，徐遙抬頭，其他人都已經停筆了，伸著懶腰準備去吃飯。他們把本子放進抽屜，徐遙翻開那些本子，但只看見一片空白。

這是當然的，他從來沒有看過其他人寫的故事，自然不會記得其他人所寫的內容。

「徐遙，這次我一定會贏你。」

忽然，有人站在他背後說話，徐遙一驚，身後的人是馬天行，他緊緊地抓著手上的本子，眼中充滿志在必得。

「你寫完了嗎？」徐遙一愣，他不是一直躲在角落裡書寫，還耽誤了吃飯時間嗎？

「我當然寫完了。啊，餓死了，我爸說我現在長身體，要多吃一點！不等你了！」

馬天行把本子鎖好，就跑到廚房裡找東西吃，其他三個同學一邊和他聊天，一邊把煮好的東西分給他一份。

徐遙感覺眼角餘光裡有一個黑影，他猛地回頭去看，但客廳裡空蕩一片，他盯著那個沙發的角落，在第一次催眠的時候，他明明記得是馬天行窩在那裡拚命寫故事，為什麼現在那裡空無一人？

徐遙又看回廚房，同學們朝他招手，叫他過來吃東西。一、二、三、四，加上他是五個人，沒錯，他們是五個人來外宿，可是徐遙突然感覺很不和諧。他們晚上的活動，一個人打遊戲機，一個看著他玩等著接手，另外三個人在打撲克牌。

那去洗澡的人是誰？

太陽穴突然傳來一陣突突的疼痛，徐遙按著頭皺眉，他聞到了一陣很濃烈的味道，松樹、松針和松香，強烈的味道讓他誤以為自己是一隻停在樹上的小蟲子，正好被滴下來的松脂裹住了。他使勁掙扎，卻逃不過被淹沒的命運，成為一塊被定格的琥珀。

徐遙！徐遙！

在透明的空間裡，他又聽見了李秩的聲音。他猛地睜開眼睛，松樹不見了，松脂不見了，也沒有什麼琥珀，只有他渾身大汗地站在臥室裡，房間裡睡得歪七扭八的男孩們並不知道即將到來的惡夢，依舊睡得十分安穩。

他看見馬天行起身，轉過頭來對徐遙說：「好像有小偷，我們出去看看。」

「太危險了，別去！」

徐遙聽見自己的聲音。

「沒關係，你在這裡等著，保護好大家，我們去看看就回來。」

等等，我們？

徐遙揉了揉眼睛，馬天行已經下樓了，但在他的前方，有一團模糊的陰影，好像有什麼人走在他的前方。

是什麼人？是什麼人跟馬天行一起下樓了？

徐遙站在樓梯口，猶豫著該不該下去，忽然他聽見了馬天行驚呼，他快步跑了下去，卻看見了自己父親——

「爸?!」徐遙瞪大眼睛。那是四十歲的徐峰，長相和徐遙極其相似，只是更加清臞瘦削。徐峰抓住馬天行的手臂，把他護在自己身後。

徐峰猛地轉過頭來，朝往他跑過來的徐遙大喊：「回去！」腦後一股劇烈的疼痛讓徐遙陷入混亂，他眼前一片漆黑，不是全然的黑，黑色之中混著暈眩的彩光，扭曲著他所有的視覺；吵雜的尖叫聲和混亂的碰撞聲讓他只想捂住耳朵，他覺得腦子裡有一顆滴答滴答作響的炸彈，每跳一下，他的天靈蓋便裂開一分，彷彿有一隻囚禁在他腦中的惡魔，即將隨著炸彈的引爆破顱而出！

「徐遙！徐遙！醒醒！你很安全！你沒事的！徐遙！我在這裡，徐遙，回來我這邊！」

李秩握緊了徐遙的手，稍微用力地拍著徐遙的臉，把他從夢魘中拉了出來。徐遙猛地睜開眼睛，卻什麼也看不見，他用力眨了眨眼，才慢慢把焦點匯聚起來，他僵硬地轉過脖子，看著李秩的臉，那神情說不出是恐慌還是驚怕。

「我在這裡。」李秩把他的手貼在自己的臉上，「你回來了，你安全了。」

徐遙猛地起身，撲過去摟住他的肩膀，嘴唇顫抖：「有另外一個人……」

「什麼？」李秩沒聽清楚。

「那裡還有另一個人——」

彷彿要把剛剛所有的恐怖和憂懼都發洩出來，徐遙用盡力氣大喊了一聲，雙眼一閉，暈了過去。

「妳怎麼不多休息一下再回來上班？」

在李秩協助徐遙回憶案情的時候，悅城化驗所也開始了一天的工作。所長任芊芊昨天才遭遇到襲擊，但今天她如常上班，只戴了一條絲巾遮擋頸上的瘀痕。

張紅聽說她來上班了，便抽空過去看看她。

「我連皮都沒破，算什麼傷口。」任芊芊道，「妳不是真的為了來看我吧？我看到你們送來的檢驗材料了。」

「那是從龔全的膀胱裡抽取的尿液。」張紅說了徐遙的推測，「幾個警察都壓制不住一個中年人，這的確很奇怪。」

「如果他真的是被人蠱惑才襲擊我，那我就原諒他吧。」任芊芊臉上毫無波瀾，但內心已經離開地面好幾公尺了。徐遙是誰？怎麼會作出如此荒誕的猜測，還瞄準了支持這份荒誕的證據？

「妳的原諒很容易，但劉春玲和羅曼娟不會這麼簡單就原諒他的。」張紅道，「龔全讓她們失去了兒子和老公，這可不是一句被人蠱惑就算了的事。」

「但她們總算找到了劉宇恆的下落，劉春玲有了一個孫子，羅曼娟的兒子也可以遷入悅城戶口，到更好的小學讀書，而且他的父親是前國家隊隊員，聽說教練還親自去打招呼，讓學校多多關照羅安。這個結局也不能說是悲傷吧？」任芊芊說著說著，目光凝聚到張紅的臉上，「她們終於可以開始新的生活，不再被回憶圍困了。」

「我知道妳想說什麼，等哪一天我知道了蘇旅的下落，我也會翻頁的。」張紅輕輕嘆了口氣，「昨天晚上，飛飛向我辭職了。」

「啊？」任芊芊頗為意外，「那個孩子從讀美術學院開始就在妳那裡打工，也快七年了吧，怎麼就這麼走了，這麼突然？」

「她說，她想畫一些蘇旅不會畫的風景。」張紅笑了笑，那笑容裡除了不捨，也有欣慰，「這是好事，大家都慢慢走出去了。」

「那畫廊呢？不開了嗎？」

張紅搖頭：「要是我不開了，哪天蘇旅回來不就找不到家了嗎？」

可他還會回來嗎？

任芊芊沒問出這句話：「那怎麼辦，再請一個人？」

「哦，飛飛介紹了一個人給我，是她在美術學院的學妹，一個很有靈氣的小女孩，而且，也可以說是蘇旅的學生。」

「什麼？」任芊芊詫異，蘇旅失蹤五年了，怎麼還會有在讀的美術學院學生？

「蘇旅以前不是去孤兒院教小朋友畫畫嗎？她就是那個孤兒院的小朋友。」張紅打開手機，把履歷點開給任芊芊看，「妳看，是不是長得很有靈氣，學藝術的人氣質果然不一樣。」

枯燥簡單的範本履歷上有一張千篇一律的證件照，照片裡的女生一頭黑色長直髮，下巴尖細，櫻桃小嘴，是很標準的美人。但一雙狹長的眼睛跟彎彎的眉毛卻讓她多了幾分攻擊性，像小巷角落冷不丁轉過頭來的野貓一般，銳利鮮明。

任芊芊渾身的血液在這雙眼睛的凝視下衝上大腦，炸開她臉上每一條微血管，連腦漿彷彿都在一瞬間僵硬。

「芊芊，妳怎麼了？」張紅察覺到異樣，伸手摸了摸她的額頭，「妳怎麼那麼冷？」

「嗯？」任芊芊回過神來，才發現臉上冒出來的不是血，而是冷汗，臉色也是鐵青，而不是醉紅，「沒事，可能沒吃早餐，胃有點痛。」

「那妳先喝點熱水，我去幫妳買早餐。」

張紅連忙讓她坐下，倒了一杯熱水給她，便跑出去買早餐。

任芊芊坐穩了，好一會才平靜下來。

怎麼會是她？她不是已經得到了最想要的東西了嗎？為什麼還要回來？她想對付誰？我嗎？還是張紅？

任芊芊手腳冰冷，她強迫自己喝了半杯熱水，讓溫度融化她的的恐慌。

「熱騰騰的瘦肉粥——」

過了一會，張紅買了一碗瘦肉粥回來，但她手上還捧著一個快遞的箱子。

「剛剛經過警衛室正好看見送快遞的人，收貨人寫妳的名字，我就順便帶過來了。」

張紅放下東西，打開碗的蓋子，把湯匙塞到任芊芊手裡：「這箱快遞有點重，要不要放在我車上，我下班再幫妳送回家？」

「朋友託我買的，他待會會過來拿，不麻煩。」任芊芊迅速地把快遞拿走，放在桌子下。「妳回去吧，我沒事的，法醫室的工作肯定在排隊等妳。」

「妳別說，我就是偷跑出來的。」張紅看看時間，快九點了，她也不多加寒暄，離開化驗所回警局去了。

看著張紅離開，任芊芊才鬆了口氣，看來她沒有發現包裹上寫的內容物是什麼。

這一天對任芊芊來說特別漫長，好不容易等到六點，她便帶著那個快遞離開化驗所，叫了一輛車，來到築江江濱公園。

正是下班時間，公園裡沒什麼人，任芊芊按照手機上收到的定位，走到了一叢美人蕉後方。

發來定位的人名叫「方碧」。

美人蕉的花葉都已經被凍得凋零，翠色的寬葉變成了憔悴的灰黑——但站在美人蕉後面的女孩，仍然如同六月的紅花美人蕉，豔麗奪目，稜角鋒利，張揚得傲慢動人。

「妳要的東西。」任芊芊把包裹放在地上，似乎一步也不想接近這個美得靈動的女孩，「我拜託妳好好看著，不要再弄丟了。」

「這次是我做得不夠好，害妳受傷了。」方碧說話了，聲音卻是和外貌極其不搭的沙啞。

「這次？這次是指什麼？丟了東西，還是跑去張紅那裡打工？」任芊芊握緊拳頭，「妳到底想幹什麼！」

「我自然是要蘇旅老師的一切，他的畫全都在那裡，我怎麼能讓它們待在一間無人欣賞的小畫廊裡呢？」

方碧向前走來，任芊芊退後了幾步，但她只是拿起包裹：「芊姐姐，妳放心，我會繼續保守我們之間的祕密的。」

方碧拿著包裹便離開了。任芊芊跌倒在草坪上，把臉埋在手掌之中。

今天張紅給她看履歷的時候，她就已經認出那個靈動的女孩就是方碧，儘管五年不見，她出落得更加漂亮，但那雙眼睛依舊讓她難以忘懷，也難以釋懷。

那是一雙見證著、審判著她的罪孽的眼睛。

徐遙的眼睫顫動了兩下，緩緩地揚了起來，失去眼鏡的世界一片模糊，他反射地伸手往床頭櫃的方向抓。

眼鏡沒抓到，卻抓到了一隻寬大的手，強而有力地握住了他的手腕，把眼鏡放在他的手心裡。

徐遙戴上眼鏡，撐著身體坐了起來，才想起自己的處境——身處於自己父親的命案現場，因為太過震驚而暈厥。

「你沒事吧？」李秩一直守著他，看他醒來才鬆了口氣，「我不敢叫醒你，別人說夢遊的人如果突然被叫醒就會死，我也不知道你的情況……」

「我沒事，我不是夢遊，就算是夢遊被叫醒也不會死的。」徐遙只覺渾身乏力，好像跑了一場馬拉松，他靠著沙發扶手，把頭靠在椅背上，「我暈過去多久了？」

「十五分鐘。」李秩看了看手表，「你好像很累，真的沒事嗎？」

「你想像一下，你站在一個蓄滿水的浴缸底部，用力拔開浴缸的塞子，水壓雖然很大，但你還是用盡力氣把塞子拔開了一條縫隙，於是——唰啦。」徐遙抬手做了個漩渦打轉的手勢，「所有的水一瞬間往你壓過來，我現在的感覺大概就是逆著海峽所有的漩渦游回岸邊吧。」

這個比喻實在太好，李秩一下子就明白了那隱含的意義：「所以塞子又被壓回去了嗎？」

「是……但我疏導出了一些真相。」徐遙有時候挺討厭李秩那善於讀出字裡行間含意的能力，但不得不說，他這項能力節省了他很多解釋的時間，「那天在屋子的人，除了我爸，是六個，不是五個。」

「六個人？不可能，你們五個人都說只有你們來參加外宿，警方也找不到第六個人的痕跡。」李秩皺眉道，「總不可能你們五個人一起忘記了另一個人的存在吧？」

「劉宇恆連自己是誰都忘了，我們忘記一個人怎麼就不可能？」徐遙的語氣有些惱火，「當時我追著馬天行下樓，我看見我爸拉著他，然後我是被人從後面打暈的。我看清楚了，在我下樓前，樓上三個同學都在熟睡，那打暈我的人是誰？」

「我不是懷疑你，你別激動。」李秩搭著他的肩膀按了按，「你說你看見你爸爸拉著馬天行，他為什麼拉著他？」

「我不太確定，但他好像在保護他，他把他拉到自己身後，當時他們面朝向那邊……」徐遙站起身，走到開放式廚房和客廳相連的地方，指著廚房那面玻璃窗，「那邊，他們都往那邊看，好像那裡有什麼危險，對了，我下樓是因為我聽見馬天行尖叫了一聲，所以我才跑下來的。」

「假設真的有一個你們都忘了的人，那他應該在廚房這個位置，但你是從樓上跑下來的，樓梯在廚房的側面，他怎麼能到你身後打量你呢？」李秩走到廚房，模擬那個身分不明者的位置和動作，顯然從廚房的角度，是無法做到不讓徐遙看見就繞到他身後把他打量的。

「我看見我爸的時候很吃驚，沒多想就跑了過去，我記得我爸朝我大喊了一聲『回去』……」徐遙走到樓梯邊，重現了自己跑向父親的路線，「我大概是跑到這裡被打暈的。」

「所以凶手是站在這個位置，你跑過去的時候他跟了上來，從後面把你打暈。」李秩調整了一下位置，站在一個死角，從樓梯那邊是看不見躲在這裡的人的，「我猜你父親不是讓你回去，而是讓那個襲擊你的人退回角落裡。」

「……你說得對。」徐遙愣了愣，他必須靠著沙發才能保持平衡，「我爸從來不會那樣吼我。」

所幸這句憤怒的責罵，並不是他對他說的最後一句話。

「我先送你回去休息吧，今天先到這裡了。」李秩快步走到徐遙身邊，猶豫了一下，伸手攬住他的肩膀。徐遙有點意外，但沒拒絕，「你太累了，改天我再陪你來。」

徐遙看過一部電影，裡面有一句臺詞是「當你說改天再做某件事的時候，意味著你永遠不會做這件事」，他曾經非常贊同。

但是現在，他願意相信李秩是一個例外。

於是他點點頭，讓李秩以一個半扶半抱的姿勢陪他下山，送他回家。

回到悅城已經快到中午了，李秩陪他吃了午餐便回警局上班。回憶的重負和食物的消化剝奪著大腦的氧氣，徐遙靠在沙發上，本來只是打算小憩一會，但迷迷糊糊地就直接倒下去睡著了。

他以前也會這樣靠著沙發睡著，尤其是在父親把學生叫到家裡研究課題的時候。他十一、二歲以後還好，畢竟開始懂事了，也喜歡一起聽幾句，但在十歲之前，他們研究的東西對他來說是天方夜譚，他一個人抱著繪本，聽著他們說又長又奇怪的專業名詞，常常就睏得睡了過去。這時，父親就會把他抱進臥室——說來也很奇怪，只有父親抱他他不會驚醒，有一次林森抱他，他一下子就醒了。

林森？

徐遙一瞬間醒了過來，一直以來缺失的那根線出現了——林森。把這一切串聯起來的人，不是孫皓，而是林森。

認為殺害那些勞動婦女是為了讓她們解脫的梁同輝向社區心理輔導處諮詢過，而諮詢處的志願指導者是孫皓；不堪家暴而決定和同病相憐的何銀川交換殺人的許慕心，曾經在慈善活動裡和直接被孫皓利用的梁肖文共事；在黑白人格的對峙中自我滅亡的關子卓，和孫皓是朋友；馬天行和孫皓都是林森的學生；而因為身體結構奇異引發殺人欲望的李陽華和突然失蹤整容換了另一種人生的劉宇恆，恰好跟林森一樣，都是當年精神研究所的研究人員！

徐遙猛然跳下沙發，衝出門，他也等不了公車，直接叫了一輛計程車飛快地趕往警察大學。

抵達警察大學時還不到四點，徐遙徑直往心理研究所一路小跑。上課時分，校園裡空空蕩蕩，他穿過一片濕冷的草地，來到了研究所門口，那道螺旋樓梯依舊充滿古典浪漫的氣息，但現在徐遙覺得它比之前更加讓他暈眩了。他深呼吸一口氣，搭著扭曲的扶手，一步步走向林森的辦公室。

徐遙爬上了那道螺旋上升的樓梯，他的步伐很沉重，幾乎每走一步就要深呼吸一口氣。在那些研究員當中，林森和徐遙最親近，他不只是他的朋友、老師，更是兄長，要懷疑他和父親的死有關，也就是懷疑他一直在欺騙自己，這是一個需要慎重處理的問題。

任何一點懷疑都會在感情這面鏡子上砸開細小的裂縫，無論多麼不顯眼，裂縫都只會越來越大。所以在你決定懷疑一個人的時候，你和那個人之間的關係就再也不會恢復如初了。

徐遙其實還沒有決定好，只是一種直覺迫使他來把事情問清楚。

「你現在還不滿足嗎?!」

只聽見一陣激烈的爭吵聲從林森的辦公室裡傳出，徐遙一愣，站在門口，沒有敲門，屏著呼吸細聽裡面的人說話。

「老師要建立正式的犯罪心理研究所，我們已經辦到了！你還想要什麼！」

那個情緒激烈的人，聲音低沉雄厚，給人一種德高望重的感覺，徐遙感覺有些耳熟。

「老師要的不是一個機構，而是一種利用心理學來預防犯罪、懲治犯罪的機制！」儘管也很激動，但林森的聲音就有理有據多了，「有多少次我們的預測都被那些愚蠢自大的警察忽略，有多少次根據我們的側寫能夠得救的受害者被懶惰僥倖的基層害死！每次案件發生，受害者的性命就在以秒為單位倒數，而我們卻還在跑各種無聊的程序！我們需要賦予懂得犯罪心理的專家們像警察一樣的執法權，才能爭分奪秒地和罪犯賽跑！」

「就算是美國的ＢＡＵ（行為分析小組）也是隸屬ＦＢＩ（聯邦調查局），他們也沒有獨立於警察機構之外啊！」

「但他們有執法權，我們能這樣嗎？」

「我看你不是想要繼承老師的遺志，純粹是想出風頭！」

「我看你根本不在乎案件受害者，只想保住自己的地位！」

兩人吵得越來越激烈，徐遙趕緊敲了敲門，門裡的爭吵果然馬上停止了。大概過了三秒鐘，林森才用冷靜下來的聲音說了句「請進」。

「森哥，抱歉，沒有打招呼就過來了。」

徐遙打開門，一副什麼都沒聽見的乖巧模樣，他看見一個體格壯碩、坐著也能看出個子很高的、穿著灰色格紋西裝的男人背對他坐著，正端著茶杯喝茶，想來是在平復剛剛吵架的心情：「你有客人嗎？那我晚點再過來？」

「是徐遙啊……」林森自然地招呼了一句，那個男人一聽到這名字便轉過頭來，目不轉睛地盯著徐遙。林森站了起來，拉著那個男人走過去，「又不是外人，客氣什麼？老高，你看這是誰？」

男人站起來後足有一百九十公分，徐遙也不矮，但還是覺得對方像一堵牆，非常有壓迫感：「老高……你是高哥哥！」

「什麼哥哥，都變成伯伯了。」那個人正是徐峰的另一個得意門生——王志高，現任悅城二院精神科主任。他個子特別高，所以大家都不叫他的姓而是叫他名字裡的「高」字，不熟悉的人還以為他姓「高」呢。王志高上下打量著徐遙，輕輕拍了拍他的肩膀，很是感慨，「以前總覺得你小鳥依人，長得像師母多一些，沒想到長大了反而跟老師一模一樣。」

徐遙難得有點不好意思，他揉了揉鼻子：「跟你站一起不顯得小鳥依人的就只有籃球明星了吧？」

徐遙仍然是當年的態度，但王志高已經不再是他印象中愛打籃球的活潑大男孩了。他只是像長輩看待晚輩一樣拍拍他的肩膀，而後便回過頭跟林森說話：「林森，我已經解釋得很清楚了，你認真考慮考慮我的勸說。」

林森態度堅決：「我也已經表達得很清楚了，我希望你也考慮考慮我的建議。」

兩人不歡而散，徐遙看著王志高的背影，的確再也找不到那個會因為發現腦部X光片有一點異樣就與高采烈的大哥哥的感覺了。

二十年了，一直以來徐遙身邊都是那些願意陪他把時間定格的人，比如袁清，比如林森，王志高反而成為第一個真正讓他慨嘆物是人非的故人。

林森好像也不太想提起這個故人，徑直問起徐遙的來意：「徐遙，找我有什麼事？」

「我……我有一些疑惑，想要森哥幫我梳理清楚。」徐遙拿出那張精神研究所的舊照，「為什麼你從來沒有告訴我這些人的關係呢？」

林森看見這張照片時很是驚訝：「啊！你是從哪裡找到這張照片的？太珍貴了！我都沒有見過！」

「這是我從一些舊報刊裡找到的。」徐遙指著坐在輪椅上的李陽華，「你怎麼沒告訴我李陽華也參加了我爸的研究？」

「李陽華不是研究人員，他只是對這些事情很感興趣……等等，這名字怎麼……啊，這個李陽華該不會是不久前那個毒害孕婦的李陽華吧？」林森瞪大眼睛，他緊皺著眉頭，語帶歉意，「全世界都在堅持以科技為主的刑偵技術發展方向，我們堅持的精神研究方向本就充滿困難，那陣子因為孫皓，我受到了很大的質疑。一方面為了避嫌，一方面我也只顧著為了平息這些質疑奔走，沒留意到這麼重大的案件嫌疑人居然是李陽華……對不起，是我本末倒置了。犯罪心理學本來就是為了抓捕犯人，我卻只顧著應付質疑，沒有及時幫助到你，真的很對不起。」

「我不是想責問這起案件的事情……」林森這一番檢討讓徐遙不知道該從何問

起，他深呼吸一口氣，決定從生死大事開始，「當年跟我父親研究有關的人員，除了你、高哥和唐姐，其他人全部都死了，你就從來沒有懷疑過嗎？」

「懷疑？」林森露出一個不屑的笑容，「在老師去世後，我們三個忙著保護老師的研究心血，根本沒時間照顧那些雜牌軍的生死。再說了，劉宇恆是在好幾年後失蹤的，李陽華直到前陣子都還活著，這二十年裡他們都是活人，我懷疑什麼？」

「雜牌軍？」徐遙聽出了林森對其他三個人的不滿，「郭曉敏也是嗎？」

「啊……小郭……」林森這才露出了遺憾的表情，「小郭真的很可惜……她雖然只負責技術類工作，但她非常細心，能夠從細節中歸納出我們想都沒想過的可能性。儘管很可惜，但她是死於入室搶劫啊，當時警察已經發了懸賞徵集線索，可是那個年代沒有現在的刑偵技術，也只能成為一個遺憾……」

「森哥，那你的學生呢？」就時間線來說，這些人都是在他父親死後才出意外的，徐遙也沒從林森的話裡找到什麼破綻，「馬天行一直寫那麼多論文給你，孫皓更是你的得意門生，難道你就一點端倪也沒有看出來？」

「徐遙，你自己也是老師，你敢說你完全瞭解你教過的學生嗎？」林森嘆了一口長長的氣，「我也很希望自己能早點發現什麼，可是，我真的沒有這個能力……所以我才會想要培養更多更優秀的人才，去預見這些危險……徐遙，你也調整好了吧，該過來幫我了吧？」

「嗯？」這話題的轉向讓徐遙不解，「我不明白你在說什麼。」

「一開始知道你在攻讀心理學，我非常高興，我覺得我們又可以一起做研究了，小時候你就喜歡坐在我們旁邊聽課，卻又聽不懂，總是聽著聽著就睡了。」林森的嘴角泛起了欣慰的微笑，「但是後來師母出了意外，不久你也辭去了FBI學院的工作回國，專心寫小說。我以為你還沉浸在悲慟中，不敢向你提出要求，怕你會傷心難過。可是，你現在已經插手了那麼多的案件，從被動指導到以身犯險，你這樣還不過來幫我就說不過去了吧？」

「我……我並沒有主動參與到那些案件的調查中，是李秩向我求助的……」徐遙趕緊拉李秩出來解釋，「他對我很照顧，我不好意思拒絕他。而且我也不是真的那麼冷血，面對一個個具體的受害人，大部分的人都會被激起正義感吧。可是做研究的話，只對著資料、圖表、案例，面對的都是加害人變態的大腦，我不覺得自己能夠承受這些……」

「你是想跟我說，你的動力是樸素的正義，而不是更崇高的使命感？」林森又嘆了口氣，他捏了捏眉心，「唉，你還是沒有明白你父親的用心……」

「森哥，我不認為參與實際調查和科學研究這兩者之間是抵觸的，就像發展科技也不會跟發展精神科學抵觸。」徐遙好像有些明白林森和王志高爭吵的原因了，林森太相信精神科學，或者說太崇拜徐峰了，他必須讓大家認為精神科學才是第一參考，才覺得達到成功，「你累了吧，先休息一下吧，我改天再來看你。」

「二十年了，怎麼會不累呢……」林森搖搖頭，他揮揮手讓徐遙離開，「改天再聊也好。」

「你好好休息。」

徐遙把照片收好，默默地離開了林森的辦公室。

其實所有人都不一樣了，只有他還困在十五歲的那個晚上，一遍遍地重複著同樣的謎題，日復一日只為了找尋那個答案。

他也很想離開那間可怕的民宿，但是他更害怕一腳踏出去，外面不是坦途而是懸崖。

如果那真的是懸崖，又有誰能夠抓住他呢？

他抬頭看向逐漸暗沉的天色，忽然覺得從空曠校園中四方八面湧來的夜風特別寒冷。

——《無瞳之眼03》完

高寶書版集團
gobooks.com.tw

**BL051**

**無瞳之眼03**

作　　者　風花雪悅
繪　　者　BSM
編　　輯　任芸慧
校　　對　林雨欣
美術編輯　彭裕芳
排　　版　彭立瑋

發 行 人　朱凱蕾
出　　版　英屬維京群島商高寶國際有限公司臺灣分公司
　　　　　Global Group Holdings, Ltd.
地　　址　臺北市內湖區洲子街88號3樓
網　　址　www.gobooks.com.tw
電　　話　(02) 27992788
電　　郵　readers@gobooks.com.tw（讀者服務部）
　　　　　pr@gobooks.com.tw（公關諮詢部）
傳　　真　出版部　(02) 27990909　行銷部 (02) 27993088
郵政劃撥　50404557
戶　　名　三日月書版股份有限公司
發　　行　三日月書版股份有限公司/Printed in Taiwan
初版日期　2021年2月

國家圖書館出版品預行編目(CIP)資料

無瞳之眼 / 風花雪悅著.-- 初版. -- 臺北市：高寶國際, 2021.02-
冊；　公分. --

ISBN 978-986-361-958-1(第3冊：平裝)

857.7　　109007251

三日月書版

三日月書版

GOBOOKS
& SITAK
GROUP©

GOBOOKS
& SITAK
GROUP©